最強少年は
チートな
元貴族だった
4
転生冒険者の
世界スローライフ
こばやん2号
スト：なぎのにちこ
IZUMI

最強少年はチートな（元）貴族だった④　5

書籍版特典ＳＳ　223

キャラクター紹介　231

最強少年はチートな（元）貴族だった④

転生冒険者の異世界スローライフ

こばやん2号　著

イラスト　なぎのにちこ

一章　新商品、そして王都へ

「では、はじめていこうか」

ナガルティーニャとの邂逅の翌日、俺は一人自宅で宣言する。今日は、グレッグ商会で新しく販売する予定の商品を開発することにした。開発といっても、どちらかといえば作製と言った方が正しい表現ではあるので、さっそく作業に取り掛かることとする。今回作製する商品がなにかと言えば……。

「ぬいぐるみだな」

そう、あの〝ぬいぐるみ〟である。なぜそんなものをと思うかもしれないが、この世界には娯楽というものがとかく少ない。精々王侯貴族などがよく利用する闘技場や劇場などがあるくらいで、前世の地球のように多種多様に富んだエンターテイメントがないのである。

そして、それは一般庶民にも同じことが言え、彼ら彼女らの娯楽らしい娯楽というと、誰かが喧嘩しているだのあるいは誰かが結婚しただのという揉め事を見物したり噂話をしたりする程度のものでしかない。

それに加え、この世界の住人は娯楽というものにお金を使うという価値観がなく、収入自体も少ないため、仕事で得られた収入はそのほとんどが貯蓄に回されているのが現状だ。

だからこそ、この世界で新たに娯楽というものを提供してやれば、それは新たにお金というものを使うことに繋がり、経済やその他の分野において目覚ましい発展を遂げる可能性を秘めている。

その最初の走りとして、俺が白羽の矢を立てたのが〝ぬいぐるみ〟である。その他の異世界ファンタジー小説では、リバーシや将棋などのボードゲーム系統の商品が登用されているが、それはおいおい作っていくとして、まずはぬいぐるみを作って世に広めるところからはじめてみようと考えたのだ。

「ここをこうして……これはこうで……ここをこうこうこう！」

ぬいぐるみの材料は綿を使うのだが、この綿はダンジョンで入手したものだ。この数日の間にダンジョン攻略はかなり順調に進んでおり、現在は七十階層まで攻略が完了している。

ダンジョンの四十七階層にバスケットボールくらいの大きさの蚕のような見た目をした【ヤーンマイト】というモンスターがいる。四十七階層という深い階層にもかかわらず、ヤーンマイトはこちらがなにもしなければ攻撃してくることはないという珍しいモンスターなのだ。

その代わり、ヤーンマイトの生息する森周辺には、好戦的な蜂型や蟷螂型のモンスターが徘徊しており、まるでヤーンマイトを守るかのような行動を取っているのだ。そのヤーンマイトが吐き出す糸を紡いだものが、今回使うぬいぐるみの材料だったりする。

ぬいぐるみといってもその裁縫の技術は侮（あなど）れないものがあり、なかなか思い通りの形にするのが大変だった。それでも、新たに進化したスキルの力によって思い通りのぬいぐるみが完成し、商品開発という名のぬいぐるみ作りに一区切りがつき、小休止を取ることにした。

できあがったぬいぐるみは、この世界のモンスターたちを可愛らしくデフォルメしたもので、スライムやゴブリンといったよく目にするモンスターもあれば、犬や猫などの動物系のぬいぐるみも作ってみた。

俺は大丈夫だが、この世界の人間にとってモンスターを忌み嫌う者も少なくないため、無害な動物もラインナップに入れておくことで、駄目だった時の布石としておくのだ。

表面にも綿を使用することでモフモフ感を加え、手触りを良くしてある。小さな子どものおもちゃから大人な女性が癒しのアイテムとして使うような女性層をターゲットにした販売戦略を考えている。

「ぬいぐるみと来れば、次はこれだな」

そう呟きながらストレージから取り出したのは、一本の太めの薪（まき）であった。その薪を使い、風魔法を駆使して削り込んでいき、最終的にとある一匹のモンスターの姿となる。猪突猛進をその身で表現しているのではないかと思うほどの姿をしている猪型モンスター、ダッシュボアである。

俺が次に作製したもの……それは、フィギュアだ。フィギュアといっても、こちらの世界ではプラスチック製品やゴム製品を取り扱っているわけではないので、一本の薪から精巧な人形を作る木工人形というのが正しい表現だが、その精巧さは地球の技術にも引けを取らないほどだ。

こちらのフィギュアに関しては、子ども用というよりも冒険者や大人向け……特に男性をターゲットにした商品にするため、あえてリアルな造りを再現し精巧に作ってある。……大人向けで男性をターゲットにといっても、そういう意味じゃないからな？

さらにフィギュアを支えるための底板の裏部分に、モデルとなったモンスターの情報を軽く掲載しておくことで、ちょっとした標本のような役割を持たせてある。

例えば、ダッシュボアの場合だと〝突進力はあるが、体格が小さく避けやすいため、駆け出し冒険者でも簡単に狩ることができる。肉は淡白で美味。〟という説明が記載されている。

とりあえず、今まで出会ってきたモンスターをモデルにゴブリン・オーク・サンドアント・ザッピ―といった木工人形を作製していく。

一通り作り終えたら、細かい部分に間違いがないかしっかりと肉眼でチェックをし、問題ないと判断したものだけストレージに回収し、残りは処分するのももったいないので、適当な場所に飾っておいた。

さて、今回は娯楽を目的とした商品を作製したのだが、いつもならここで職人ゴーレムの出番となる。しかし、今回に限っては別の方法での量産を考えているのだ。

「俺がいなくなっても、商会としてやっていけるようにしとかないといかんからな。木工人形は無理でも、ぬいぐるみは商会で作らせた方がいいかもしれん」

そう、今回の量産方法は職人ゴーレムによる生産ではなく、グレッグ商会で雇っている従業員の手作りでの生産方法を取ることにしたのだ。理由としては先ほども言った通り、今のグレッグ商会の仕入れは俺が作る商品の納品にほとんど頼り切ってしまっている。この状況で、俺が突然いなくなってしまえば、グレッグ商会はほとんど機能しなくなってしまうのは目に見えている。そのため、ある程度グレッグ商会独自の生産ルートを確保しておく必要があると考えたのだ。

さっそく、グレッグ商会へと赴(おもむ)きグレッグに事情を説明する。すると、グレッグは複雑な表情を浮かべたと思ったら苦笑いを浮かべたあとこう切り出しはじめた。

「そのことについては、俺も考えていたところです。このまま坊っちゃんに仕入れを任せっきりにしていては、坊っちゃんがなにかの拍子にいなくなった時にダメになると」

「ならちょうどいい。今回販売する商品は、グレッグ商会の従業員で作製から販売までのルートを確立してもらう。材料の仕入れは、いつも通り俺からとなるが、いずれ材料の仕入れから販売までのルートの一連が整った状態の商品を取り扱ってもらうことになるから、そのつもりでいてくれ」

「わかりました。従業員への説明は、今日の営業が終わってからでいいですか?」

「そうだな、皆にはそう伝えておいてくれ」

それから一度自宅へ戻り、職人ゴーレムのメンテナンスとチェックをしたあと、グレッグ商会の営業が終わる夕刻を待って再び商会へと赴いた。

商会は相変わらず盛況で、俺がオラルガンドの英雄として名が知れ渡ってしまったことで、グレッグ商会のオーナーが俺であるということも知れ渡ってしまったので、さらに奴隷の従業員を増やすことになってしまった。

　現在グレッグ商会の従業員はグレッグを入れて十三人体制にまで拡大しており、グレッグとナタリー姉弟以外すべて奴隷という状態になっている。

　本来ならば、奴隷でない純粋な従業員も増やしたいところではあるが、他の商会の息の掛かったスパイが潜り込む可能性を捨てきれないため、新しく補充する従業員は奴隷限定となってしまっていた。

　そのおかげもあって、他の商会に付け入る隙を与えることなく、ありがたいことにグレッグ商会の独壇場が続いている。他の商会もこの状況の中、指をくわえて見ていただけではなく、類似品を作って売り出してはみたものの、うちの販売する品と比べれば品質に雲泥の差があり、仕入れ値との折り合いからグレッグ商会の販売価格よりも高値で付けなければならず、今のところ類似品が出回っても売り負ける事態には陥っていない。

　まあ、うちの場合仕入れ値がタダで、値を付ければ付けるだけその売り上げがそっくりそのまま利益に直結している。テレビゲームで例えるなら、お金を無限に得られる裏技を使って序盤から高額な武器や防具を買いまくって敵を倒していくようなものだ。それで負ける方が難しいというものだ。

「今日集まってもらったのは、次販売する商品について君たちに生産をやってもらうためだ」

　俺の言葉に、従業員たちが騒めき出す。彼女らを代表して元商会勤めのモリーが質問を口にする。

「生産とは、なにか作製するということでしょうか？」

「そうだ。今回君たちに作ってもらいたいものはこれだ」

　そう言って、俺はストレージからデフォルメされたモンスターのぬいぐるみを取り出す。ぬいぐるみを見たほとんどの者が、そのぬいぐるみを見て「可愛い」という感想を漏らした。どうやらモンスターに対する忌避感は思ったよりもなさそうだ。

他にも動物をモチーフにしたぬいぐるみも取り出してみたが、こちらも当然受け入れられた。この反応なら、客に販売しても問題なさそうだ。

「今回はこのぬいぐるみを君たちに作製してもらいたい。とりあえず、最初は裁縫が得意な者が中心となって作業を進めていき、慣れてきたら裁縫があまり得意でない者に教えるという形でいこうと思うがどうだろう?」

「それで問題ないかと思います」

「じゃあ、まず裁縫が得意な者に作り方を教える。からよく手順を覚えてくれ」

そこから、ローランドのイケイケ裁縫教室が開催され、裁縫スキルを持っている従業員を中心にぬいぐるみの作製法を伝授していった。さすがに裁縫が得意な者だけあって、一、二度作っただけですぐに俺が作ったものと遜色ないぬいぐるみが量産されていった。

それから、裁縫が不得意な者にもぬいぐるみを作ってもらい、なんとか全員が販売できる品質のぬいぐるみを作り出すことができるようになった。全員に教え終わったあと解析で調べてみると、もともと裁縫のスキルを持っていた者はスキルレベルが上がり、持っていなかった者も新たに裁縫スキルが生えてきていた。

一応念のため、もう数日間は練習のためぬいぐるみを作り続けてもらうことにした。余談だが、最後にぬいぐるみが作れるようになったのはウルルだった。

最後にもう一つの木工人形だが、やはりというべきか女性陣には酷評だったが、男性陣には受けが良かったことを付け加えておく。

グレッグ商会の従業員にぬいぐるみの作り方をレクチャーした翌日、俺は冒険者ギルドへと赴いた。

俺がギルドに入ると、中にいた冒険者の視線が俺に集中する。今や時の人となった俺を知らないものはこのオラルガンドにはおらず、外を歩けば注目の的となっていた。

　今回俺が冒険者ギルドへとやってきたのは、マーケティング調査をするためだ。具体的には、販売する予定の商品を実際のユーザーに近しい人間に先行で体験してもらい、なにか不満点などはないか調査するというものだ。

　商品を販売する際にもっとも重要なことは、実際に商品を買っていく顧客が望む商品を提供するというものだ。いわゆる一つのニーズというもので、顧客が望まないものを販売しても売れ行きが伸びず、仕入れ値を回収できないため赤字になってしまう可能性が高くなる。逆に顧客が望んでいる商品を販売することができれば、当然売り上げは増加していき、利益を上げることができるのだ。今回はそのニーズを調べるための調査にやってきた。

「おい、英雄様がやってきたぜ」

「おう【魔族狩り】！こっちきて一杯やらねぇか？」

「馬鹿野郎！相手はまだ成人してねぇ子どもだぞ‼」

「なら、あたいらと果実水を飲まないかい？」

　ありとあらゆる冒険者から声を掛けられるも、今回は目的があるためすげなく断りを入れる。そんな中、一人の女性冒険者に俺は声を掛けた。

「ちょっといいか？」

「なんだい？英雄様から声を掛けてくれるなんて嬉しいねぇ」

「少し聞きたいことがあってな。先に言っておくが、別に不埒なことをするつもりはないから安心してくれ」

「そりゃあ残念だねぇー。なんなら、あたいが手ほどきしてやってもいいんだけど？」

「遠慮しておこう。それから、そことそことそことそこ、あとそこにいる女性冒険者にも協力してほしいんだが、構わないだろうか？」

俺が指名した女性冒険者たちは俺に指名されて喜んでいるが、女性冒険者が所属している同じパーティーの男性冒険者からは殺意の籠った視線を向けられる。そりゃ、自分の仲間がこんな子どもに声を掛けられて嬉しそうにしてりゃあ、俺に恨み言の一つも言いたくはなるだろう。

「あ、あのっ！　私もいいですか？」

「あ、ズルい！　あたしもいいですよね？」

「ボクもいいかな？」

「なにいつもと違う呼び方してんのよ？　気持ち悪い。あっ、私もいいかしら？」

声を掛けてなかった女性冒険者からも志願の声が上がったので、彼女たちにも協力を頼むことにした。別に断る理由もなかったが、志願した女性冒険者の所属するパーティーの男性からも恨みの籠った視線を向けられる羽目になってしまった。俺が誘ったわけじゃないのに……解せぬ。

華やかな女性冒険者たちを引き連れて、どこか話のできる会議室はないかと考えていると、ちょうどいいところで彼女たちが声を掛けてきてくれた。

「ローランド君、一体なにをやっているのかしら？」

「わぁー、女の人ばっかりだ。ローランド君、モテモテですね」

俺がちょうど会議室のような部屋を借りられないかと受付カウンターに向かおうとしたところ、ギルドの職員であるムリアンとサコルのコンビが現れた。

「ムリアンとサコルか、ちょうどいい。どこか会議室のような場所を借りられないか？　あと、二人にも協力してほしい」

「それは問題ないですが、なにをするつもりですか？」

「それはあとのお楽しみというやつだ」

そこから女性冒険者とムリアンたちを引き連れて、会議室に移動する。適当な場所に彼女たちを座らせると、いよいよ今回の目的を伝えるため、彼女たちに説明する。

「まずは、ここに集まってくれたことに感謝する。それと、この場で話した内容はできるだけ内密に頼む」

「それはいいけど、一体なにを協力すればいいんだい？」

その場にいる者を代表して、目つきの鋭い美人タイプの女性冒険者が俺に疑問を投げ掛けてくる。

では本題に入るとしますかね。

「諸君らはグレッグ商会という商会を知っているか？」

「そりゃあ、知ってるさ。あんたが経営してる店だろ？」

彼女の言葉に、その場にいる全員が頷く。そりゃあ知ってて当然だろう。なにせ、彼女たちは前髪や後頭部にグレッグ商会で販売されているヘアピンやシュシュを身に着けているのだから。

「正確には出資者だ。まあ、それはどうでもいいとして。数日後にグレッグ商会から新しい商品が販売されることになっている。今回諸君らを呼んだのは、その販売する予定の商品を見てもらって正直な感想を述べてもらいたいと思いここまで来てもらった」

俺の言葉に、女性たちがざわつく。そのほとんどが〝新商品〟という言葉に食いついているようだ。

やはりどこの世界でも女性というのは、新しいものに興味があるのだろう。特にそれが自分を着飾る服やアクセサリーであれば尚更である。

「今回販売する予定の商品は……これだ！」

俺はそう宣言しながら、鞄経由でストレージから昨日作ったぬいぐるみを取り出した。それはリアルに作られたものとは違い、多少可愛らしさを出すためデフォルメされている。

『……』

取り出したぬいぐるみを、目の前の机に並べていく。だが、少し困ったことに女性たちの反応が一切ないのだ。……どういうことだ？ 気に入らないのか？

彼女たちの反応が気になったが、とりあえず商品の説明をするために今持っているサンプルを取り出し並べていく。そして、モンスターのぬいぐるみシリーズが一通り出揃ったところで、動物シリーズを取り出したその時、事態が急変する。

「も、もう我慢できないっ‼」

「え？」

次の瞬間、女性たちが机へと殺到すると気に入ったぬいぐるみを愛ではじめた。……ああ、どうやらあまりの可愛さに言葉を失っていたらしい。

それから、気に入ったぬいぐるみを巡って取り合い合戦が勃発してしまい、収拾がつかなくなってしまった。そんな状況の中、ムリアンとサコルがしれっとぬいぐるみを手にしていたのを見て「この二人、恐ろしい子」と思ってしまったのは言うまでもない。

グレッグ商会の従業員たちは落ち着いていたので大丈夫かと思っていたのだが、どうやらこれが普通の反応らしい。商会の従業員は簡単な礼儀作法を教え込まれているため、取り乱したりすることは接客業としてはあまり好ましくない傾向がある。それに加え、従業員のほとんどが奴隷であるため、自分の欲や感情などといったものを自然と抑制してしまっていたため、今回のような事態には発展しなかったとこの時になって思い至った。

「ああ、もう！ お前ら落ち着け！ 落ち着くんだ‼」

その後、なんとかフライパンと木製のおたまをカンカンと打ち鳴らすことでなんとか混乱が収まったが、それがなかったら今もまだ醜い争奪戦が繰り広げられていたことだろう……。女の子って、恐ろしい……。

そんな一幕があったが、なんとか全員椅子に着席させ、話の続きをする。ちゃっかりとぬいぐるみを手元に持っている者もいるが、この際目を瞑ることにしてとりあえず感想を聞いてみる。

「でどうだ？ この商品の感想は？」

「すごくいいです！」

「感動した！」

「チャッピーちゃん……」

それぞれが口々に感想を述べる中、一部の女性冒険者が持っていたぬいぐるみに名前を付けはじめた。こらこら、ダッシュボアに〝チャッピー〟と名付けるな！

とりあえず、軒並み好意的な意見ばかりで改善点や今後の課題のような内容がなかったが、ぬいぐるみはおおむね女性冒険者に受け入れられた。

「今回はこれで終了だ。じゃあ、ぬいぐるみを返してくれ」

「あ、あのっ！ これ売ってもらえないでしょうか？」

「は？ それはまだ試作品だから商品じゃない。物を売る人間として、中途半端なものを客に売るわけにはいかない」

「そ、そこをなんとか！」

そこから、女性冒険者たちの売ってくれコールが凄まじかったが、今回協力してくれた報酬としてぬいぐるみが販売された時に無料で交換できる紙券を配ることで納得してもらえた。

「はい、じゃあここにぬいぐるみを入れてくれ」

「ちゃ、チャッピーちゃぁぁぁあああん‼」

……うるさい。ダッシュボアにチャッピーという名前を付けていた女性冒険者から、ダッシュボアのぬいぐるみを回収する。他の女性からもすべてのぬいぐるみを回収したが、まるで葬式のような落ち込み様であった。

女性冒険者だけでこの反応であれば、一般の住人たちにもこのぬいぐるみは受け入れられると判断し、今回の女性に関するマーケティング調査は終了する。

女性たちと入れ替わりで、彼女たちが所属していたパーティーの男性冒険者にも協力してもらい、精巧に作られた木工人形を見せてやったら、こちらも愛でるまでとはいかないまでも好意的な反応が返ってきたので、木工人形についても問題ないと判断した。

こうして男女ともにマーケティング調査が終了し、あとは販売の時を待つだけとなった。それまでに従業員たちの作ったぬいぐるみの品質を、できるだけ上げるようにしなければならない。そうと決まれば、グレッグ商会へ行こうじゃないか！

〜〜〜

冒険者ギルドでのマーケティング調査を終えた数日後、ぬいぐるみ及び木工人形の販売が開始された。あれからぬいぐるみと木工人形に少しのアレンジを加え、ぬいぐるみは最初に作ったサイズよりも二回り小さなものを追加し、木工人形は外からはなにが入っているか確認できないよう木の箱に入れることにした。

ぬいぐるみのサイズを二サイズにすることで、子ども用と大人用に分けると同時に、子ども用は大人用よりもリーズナブルな値段設定にする狙いがある。木工人形は、地球で言うところのガチャガチャと同じ理論で〝中身を確認するまでは、なにが出るかわからない〟という心理を巧みに利用した方法を取っている。

ぬいぐるみは、子ども用の小さいサイズが小銀貨二枚と大銅貨八枚で、大人用が小銀貨五枚と大銅貨六枚という値段設定にしてある。木工人形は、見た目の精巧さと記載されている情報などや木工人形毎にレアリティを設定しているため、小銀貨六枚と大銅貨八枚という新商品の中でもっともお高い値段設定となっている。

「大丈夫ですかね?」

「なにがだ?」

「ちゃんと売れますかね?」

「それはわからない。最初から上手くいくことがわかっているのなら、この世に存在するすべての商人は全員が大商人となってるだろうさ」

現在俺はグレッグ商会で開店準備に向けて忙しく働く従業員に混じって、新商品のコーナーの最終確認を行っている。

新商品が売れるかどうか不安を見せるグレッグに対し、俺はもっともな意見を述べる。その言葉に、納得したかのように頷くと、グレッグは苦笑いを浮かべる。

前世の地球においても、前評判が良かったのに実際売り出してみたら、それほど売れ行きが良くなかったという商品はいくらでもある。地球よりも情報の伝達力や求められている商品の種類など、なにもかもが異なる状況でどの商品が売れるのかを見定めるのはとても難しいことだと思う。

だが、前世のようにライバルが少なく、税金や法律もそれほどの規制がないこの世界において、地球の知識を持っている状態での商いというのは、それだけで反則……チートと言えるのではないだろうか？

「さて、そろそろ開店の時間だな」

「坊っちゃん、本当にダンジョンに行かなくてもいいのですか？」

「大丈夫だ問題ない。これは俺の勘だが、なんかとんでもないことになりそうな予感がするんだ」

今日は朝起きてからずっと戦争に赴くような予感がしてならない。これはおそらく今日という日が、このグレッグ商会の新たなストーリーの幕開けを意味しているのではないかと俺はそう思っている。

「坊っちゃん、時間です」

「よし、じゃあ……開店だ！」

俺の宣言と共に、店の入り口が開放される。既に開店前に並んでいた数十人の客が店に雪崩れ込んできて、あっという間に店内は買い物客で混雑する。そんな中、俺はぬいぐるみと木工人形が陳列されたコーナーに陣取り、その売り場の担当を買って出ている。

この店が俺の店だということがバレてしまった以上、隠れる意味もないので今回だけではあるが、初日の販売を任せてもらうことにしたのだ。そのことをグレッグに話すと「なんだか申し訳ないです」と言っていたが、こちらとしてもこの商品の販売初日は俺が担当しなければならない気がしたので、問題はない。

「あ、あのー、これってなんです？」

「いらっしゃいませ。こちらは本日から販売しておりますぬいぐるみというものでございます」

一応接客業であるため、お客相手に丁寧な言葉遣いを心掛ける。……おい、今ちゃんとした言葉遣いができるのかとか思っただろ？　これでも元は営業サラリーマンだぞ？　舐めてもらっては困る。

「ぬいぐるみですか？」

「はい、どうです？　可愛いでしょ？　こちらの小さいのは子どものおもちゃとしてお使いいただいて、こちらの大きいほうは大人の方が疲れている時や癒されたい時に撫でたり部屋に飾っておいたりできるものでございます」

「ホントに可愛いですね。ちなみにおいくらですか」

「小さい方は小銀貨二枚と大銅貨八枚、大きい方は小銀貨五枚と大銅貨六枚となっております」

「うっ、意外と高いんですね……また来ます」

「はい、是非お待ちしております」

どうやら、最初のお客さんは購入を諦めたようだ……無理もない。実際にこのぬいぐるみの値段はかなりのもので、一般的な庶民の一日の食費が多くても大銅貨三枚なのに対し、小さいものでもその九倍ほどにあたる小銀貨二枚と大銅貨八枚という値段なのだ。大人用に至っては、十五倍以上もするの小銀貨五枚と大銅貨六枚という大金なのである。

しかしながら、これ以上値を下げるつもりはない。もともと用途が娯楽用であるということと、ぬいぐるみの品質や使われている材料の相場から算出しても利益がぎりぎり出る絶妙な値段なのだ。もっとも、材料自体はどこかから仕入れたわけではなく、俺が直接現地で入手してきたものであるため、使われているコストはほぼゼロだがな。

今後この商品は、グレッグ商会が材料の仕入れから生産・販売までを一手に引き受けさせるつもりであるため、今の価格設定が妥当だと判断した。この商会が本当の意味での商会になるはじめの一歩であるため、できるだけ妥協せずにいきたいと考えた結果なのだ。

「うん？　なんだこの音は？」

ぬいぐるみの接客担当をしてしばらくしたその時、突如として大地を揺るがすほどの轟音が響き渡る。その音は次第に大きくなり、どうもこのグレッグ商会に近づいてきているらしい。

何事かと思い外に飛び出して確認してみると、大通りの遠くの方からなにやら土煙のようなものが上がっている。よく目を凝らして見てみると、それは人が大挙して押し寄せてくるために巻き上がっていた土煙であることがわかった。

さらによくよく見てみると、その人物たちは先日マーケティング調査を行った時に協力してもらった冒険者たちで、物凄い形相をしながらこちらに向かってきているのが見えてしまった。

慌てて自分の持ち場に戻ると、勢いよく雪崩れ込んできた冒険者たちが、俺の姿を見つけどたどたと激しい足音を立てながら近づいてくる。

「……いらっしゃいませ」

とりあえず、商会にやってきている以上はお客さんなので、顔を引きつらせながらも来店の挨拶をする。すると、一人の女性冒険者が前に躍り出てきたかと思ったら、握った拳をこちらに突き出し反応に困ることを言い出しはじめた。

「チャッピーください‼」

「はい？」

どうだ？　意味が分からないだろ？　だが、そのイミフな言動も彼女の顔を見て理解することになる。

彼女の顔をよく見てみると、マーケティング調査の時に見せたぬいぐるみに、チャッピーという名前を付けていた女性冒険者だったことを思い出したのだ。つまりは、彼女の発言した〝チャッピーください〟はぬいぐるみをくださいということだったらしい。

「チャッピーですよ！　チャッピーくださいっ!!」

「ああ、はいはい。では券をご提示くださいませ」

「ん」

マーケティング調査に協力してくれた報酬として、どれでも好きなぬいぐるみ一つと交換できる紙券を配っておいたので、券の提示を求めたところ突き出していた握り拳をぱっと開くとそこにくしゃくしゃになった紙券が出てきた。握ってたんかい……突き出した拳の意味がようやく理解できた瞬間であった。

そこから、男性冒険者は木工人形を女性冒険者はぬいぐるみを希望したため、女性の方は補佐として待機していたモリーに任せ、男性冒険者の相手をすることにした。

「券の提示をお願いします」

「これでいいか？」

「結構です。ではこの中から一つ好きな箱を選んでください」

そう言って、山積みにされた箱を指差す。木工人形に関しては、木箱に入れ中身がわからない状態にしてあるため、どの木箱にどの木工人形が入っているかは空けてみるまではわからない。つまりなにが出るかはお楽しみというやつなのである。

男性冒険者は、鋭い目つきで木箱を品定めし、これと決めた木箱を指し示す。俺は指定された木箱を取って男性冒険者に渡した。

「今すぐ開けますか？」

「おうよ」

「ではどうぞ」

そう俺が言うと、男性冒険者は豪快に木箱を開けはじめる。中から出てきたものは、とても精巧に作られた今にも動き出しそうな……ダッシュボアであった。

「はい、ダッシュボアですね。レア度は最低のFランクです」

「うーん。なあ、もう一箱もらってもいいか？」

「構いませんが、お金が掛かりますよ？」

「問題ない」

「では、小銀貨六枚と大銅貨八枚になります。それと、券を持っている方は一箱目の代金はタダですが、二箱目は代金をいただきます。それから、木工人形の購入は券を持っている方は二つまで、持っていない方は一つまでとさせていただきますので、ご了承くださいませー！」

最初に木工人形を購入した冒険者が二箱目を購入しようとしたタイミングで、その場にいたお客さんにアナウンスする。その内容に文句が出るかと思ったが、案外物分かりがいい人しかいなかったようで、全員が頷いてくれた。

ちなみにぬいぐるみの方にも購入制限を掛けており、ぬいぐるみに関しては紙券の有無に関わらず一人二個までの購入制限を掛けさせてもらうことにしている。

ぬいぐるみと木工人形の生産についてだが、今回は初日ということで俺と職人ゴーレムを駆使して一定数を用意させてもらった。もちろん、従業員が作ったものもあるが、ほとんどが俺と職人ゴーレム製の商品だ。特に木工人形については、従業員の中にまともな木工人形を作製できる人材がいなかったため、すべて俺と職人ゴーレムで作製した。

今日販売する予定の商品の数は、ぬいぐるみが五百個、木工人形が三百個となっている。ぬいぐるみは、従業員でも生産が可能なので彼女らにがんばってもらえばいいが、木工人形については早めに職人を見つけて確保しておく必要があるかもしれない。

ちなみに木工人形のレア度についてだが、基本的にモデルとなっているモンスターのランクに合わせている。そして、はずれ枠のFランクはゴブリンとスライムとダッシュボアという駆け出し冒険者がよく相手にするモンスターにしている。Eランクはフォレストウルフと角ウサギとホワイトキャタピラーで、実際のランクも同じだ。

次いでDランクはゴブリンウォーリアーやゴブリンアーチャーなどのゴブリンの上位種と砂漠地帯に生息しているサンドワームや肉がおいしいザッピー―がラインナップだ。Cランクはオークやポイズンマインスパイダーと、モンスターのランクはEだがオラルガンドの一階層に出現するダンジョン最初のボスということでこのランクに入れさせてもらった。

ここからはレアな部類に入るBランクで、そのラインナップもオークジェネラルやゴブリンナイトなどの各モンスターの上位種に十五階層のボスモンゴリアンサンドワームという豪華なものになっている。次いでAランクだが、ここはキング系のモンスターを選んでおり、オークキングとゴブリンキングだ。

最後にSランクは、エルダースコーピオンキング・ジュエリーキングスライム・グランデワイバーンという、ナガルティーニャの結界から抜け出した時に見たことがあるモンスターを選ばせてもらった。以上が木工人形の具体的な中身についてだ。

ちなみにレア度と称している以上ランクが高くなればなるほど、作った個数は少なくなっており、Sランクに至っては一体ずつしか作製していない。三百個作ったので、実質三百分の一が当たればラッキーといったところだ。

「はい残念ー、ゴブリンでーす」

「くそう」

「はい、こちらはフォレストウルフですね。Eランクです」

「Eランクか、まあFよりはマシだな」

「おっ、ザッピーが出ましたね。Dランクです」

「よし！」

などという感じで、開封の儀を行っていると、そこに見知った顔ぶれがやってきた。ギルムザックたちやオルベルトとそのパーティー仲間になぜかは不明だが、解体場の責任者であるハゲルドとギルド職員のムリアンとサコルの姿もあった。

「師匠来たぞ」

「先生、おはようございます」

「おう坊主、今日は店員の真似事か？」

「この店、食べ物は売っていないのか？」

「ローランド君、おはようございます」

「いらっしゃいませ。まあ、そんなようなものだな。オルベルト、うちが扱ってるのは装飾品だ。食べ物なら外の露店でなにか売ってたぞ。今日はぬいぐるみと木工人形目当てか？」

ギルムザック、メイリーン、ハゲルド、オルベルトの順に俺に話し掛けてきたので、それぞれに返答する。どうやらこいつらの目的は、俺が言った通り今日販売開始のぬいぐるみと木工人形が目的だったようだ。

ちなみに、ハゲルドは男性冒険者にマーケティング調査を行った時に、ムリアンとサコルと入れ替わり、男性ギルド職員代表で来てもらっていた。一応三人にも、報酬として紙券は渡している。

「先生、ぬいぐるみくーださい！」

「ぬいぐるみ売り場は隣だ。欲しいならあの子に言ってくれ」

そう言うと、俺は女性冒険者たちが群がる魔の巣窟を指差した。それに臆することなく、むしろやる気満々といった具合に腕まくりをしたり舌なめずりをする女性陣たち。あのー、ここダンジョンじゃなくて店なんですけど？

俺の心の声が届くことなく、女性冒険者たちの群れに突入するのを見届けた俺は、残った男性陣の相手をすることにする。

「じゃあ、まずは俺からだぜ！」

そう言うと、ギルムザックが前に躍り出る。ちなみにギルムザックたちはマーケティング調査に参加していないので、紙券を持っていない。小銀貨六枚と大銅貨八枚、毎度あり！

ギルムザックが選んだ木箱を手渡し、勢いよく開け放った箱から出てきたのは……。

「これは？」

「おめでとうございまーす！Aランク、大当たりでございまーす!!」

ギルムザックが選んだ木箱から出てきたのは、ゴブリンキングであった。Aランクの木工人形はそれぞれ二体ずつしか作っていないため、百五十分の一を引いたことになる。

一応念のために、福引で大当たりを引いた時に鳴らすベルのようなものを作っておいたので、Bランク以上のレア度が出ればそれを鳴らすことにしていた。そのベルが店内に響き渡り、全員の視線がこちらに向けられる。

「やったぜ！」

「まさか、ここで引かれるとはな。なかなかの強運だ」

「へへっ、師匠に褒められると嬉しいぜ」

「やるなギルムザック。俺たちも負けてられん」

そこから他の冒険者たちも挑戦するが、そう立て続けにレアは出ずFランクやEランクばかりという悲惨な結果となっていた。そして、満を持してあの男が出陣する。

「じゃあ、俺が引かせてもらうぞ。この券でいいんだよな？」

「では、この中からお好きな箱を一つお選びください」

「これだ」

「では箱をどうぞ」

あの男とは言わずもがな、冒険者ギルド解体場責任者のハゲルドだ。相変わらず、髪の毛一本もない光り輝く頭は太陽のように燦々と輝いている。

俺から箱を受け取ると、職業病なのか丁寧な手つきで開けはじめる。そして、中から出てきたものに俺は一瞬言葉を失い掛けたが、すぐに平静を取り戻し、接客業務を継続する。

「おめでとうございまーす！　超大当たり、Sランクでございまーす‼」

『おおおおおおおおお』

俺の大声と共にベルが鳴らされる。それと同じくらいの歓声が店内に響き渡る。ハゲルドが引いたのは、三百の内の一体しか作っていなかったグランデワイバーンだった。

Sランクは品質に確実性を持たせるため、すべて俺の手によって作製されており、その精巧さは折り紙付きだ。なにせこの目で直接実物を見ているのだから。

「お、おおー当たったのか？　それにしても、これがグランデワイバーンか……はじめて見たな」

「まあ、Sランクのモンスターだからな」

「うん？　なんで坊主がこのモンスターがSランクだと知ってる？　ギルド職員でも一部の人間しか把握しとらんはずだぞ？」

「……そりゃあ、俺がAランク冒険者だからだ‼」

　ハゲルドの追求に一瞬焦ったが、SSS判定まで目前という高ステータスを駆使し、瞬時に切り返した。俺の切り返しに冒険者たちが湧きたつ中、店にやってきたすべての冒険者たちが購入を終えた。

　今回の購入で、ぬいぐるみを五十個ほど、木工人形は八十個ほどが売れた。数としてはそれほど大したことがないように思えるが、冒険者たちだけで大銀貨四枚ほどの利益になっている。紙券の分が無料なため、本来なら大銀貨八枚以上の利益だが、マーケティング調査に協力してもらった報酬としては多くはないと考えているため、妥当だと考えている。

　その日結局、ぬいぐるみは二百個に届かず、木工人形も百個に届かない売り上げだった。やはり庶民が購入するには少し値段が高いということがネックになっているのだろう。なんて思っていた日が俺にもありました……。

　翌日、ぬいぐるみと木工人形を買った冒険者たちが、購入したその日のうちに他の冒険者に自慢をしたり、初日にぬいぐるみや木工人形のことを聞いていたお客さんが他の知り合いに話したり、子どもを持つ母親冒険者が子どもにプレゼントをしたものを他の子どもたちに自慢したり、一般庶民の知り合いに話したことで瞬く間に噂が広がり、翌日にはさらにも増してグレッグ商会に長蛇の列ができあがってしまったとさ。めでたし、めでた……って、めでたくねぇわ‼

ぬいぐるみと木工人形の騒動から数日後、来てほしくないものが到着した。王都からの呼出状である。

朝目を覚ますと、領主からの使いの者がやってきて急遽呼び出されたと思ったら、呼出状を差し出されたのである。

「というわけで、ローランド君。君には王都に向かってもらいたい」

「仕方ない。すぐに準備をして向かうとしよう」

それで領主とは簡単な挨拶を済ませ、すぐに王都に旅立つ準備を行う。だが基本的に旅支度はあまり必要ない。

なぜなら、夜になったら瞬間移動でオラルガンドの自宅に戻ってくればいいからだ。旅の準備よりも、やっておかねばならないのは、俺が王都に旅立っている間のグレッグ商会に納品する商品をどうするかだ。

一応だが、グレッグ商会に納品している商品については一定の数しか納品しておらず、余った分はストレージの肥やしになっており、その数はすでに数十万という馬鹿げた数字にまで膨れ上がっている。だから、それをすべてグレッグ商会に納品してしまおうと考えている。

それに加え、商会としての規模が大きくなるにつれてなんらかのトラブルに巻き込まれる可能性を考慮し、警備ゴーレムの数を増やしておくことも考えねばならない。

ちなみにオラルガンドから王都までの距離は馬車を使って十日前後で、冒険者が身体強化で本気で走れば七、八日で着くらしい。

「という訳だから、留守を頼んだぞ」

「わかりました坊っちゃん。任せてください！」

グレッグに挨拶をし、グレッグ商会をあとにする。次に冒険者ギルドと商業ギルドに赴き、王都に呼び出された旨を伝え、今日にもオラルガンドを出立すると告げた。両ギルドのギルドマスターともこころよく送り出してくれた。

各方面への挨拶回りを済ませ、いよいよ王都に向けて出発するとなったその時、少し困った事案が発生してしまった。

「ローランド様、私が王都へご案内いたします」

「貴様がどうしてもというのなら、案内してやらんでもない」

どこからか噂を聞きつけてきたのか、それともただただ偶然なのかはわからないが、この絶妙なタイミングでファーレンとそのお供のくっころさんが訪ねてきたのだ。俺が王都へと旅立つことを告げると、自分が案内役を買って出ると言い出しはじめたのである。

これがなんの能力もない人間であれば、案内役がいることは心強いとは思うが、俺には無用の長物でありはっきり言って邪魔以外の何物でもない。

どういう風な断り方がベストなのだろうと頭の中で模索していると、さらに面倒事が襲ってきた。

「何してんだ師匠？」

「先生、おはようございます。あなたのメイリーンです」

「こんな朝に会うなんて珍しいわね」

「何かあったんですか？」

そこに現れたのは、ギルムザック以下三名のいつものメンバーだった。俺がなにか言い出す前にファーレンの口から俺が王都へ旅立つことを伝えてしまい、水を得た魚のように「俺たちもついていく」と囀りはじめたのだ。

ファーレンだけでも厄介なのに、ここにギルムザックたちが加わればどうなるのか想像に難くはないだろう。だが、ここで嬉しい誤算が起こった。ファーレンたちとギルムザックたちでどっちが俺を王都へ案内するか揉めはじめたのである。

まるで漫画やアニメのように足音を立てずに抜き足差し足でその場を離れ、速攻でオラルガンドの門へと向かった。これ以上ここに留まっていては、面倒だと判断したからである。

すぐに門で手続きを済ませ、オラルガンドを脱出する。まるで悪人のような気分だが、別段犯罪行為をしたわけではない。面倒な連中から逃げているだけなのである。

「よし、ソッコーで帰ってくるぞ」

独り言を一つ呟くと、俺は身体強化を発動させ街道を少しそれた人目に付きにくい場所をひた走る。以前にも増して強くなったパラメータにより、まるで新幹線のように周囲の背景を置き去りにしていく。

しばらく王都に向けてその状態を続けていると、若い女性のような悲鳴が聞こえてきたので、そこへ急行してみるとそこにいたのは、先ほど悲鳴を上げた本人であろう若い女性と数人の男たちであった。

「や、やめてください！」

「もういい加減諦めろよ。こんなところに誰も助けに来やしないって」

「こいつはかなりの上玉だぜ。たっぷりと楽しめそうだ」

そう言いながら、覆いかぶさろうとする男たちから逃れようと必死の抵抗を見せる女性だったが、男と女では力に差があるのは明白であるからして、いとも簡単に押さえつけられてしまう。

「いやぁー、離して！　やめてぇー‼」

男の手が彼女の服を破ろうとする直前、ごきりという音を立てながらあらぬ方向に曲がった。まあ、それをやったのは俺自身なのだがな。

「ぎゃあああー、な、なんだ⁉手が、俺の手がぁぁぁぁあああああ‼」

「だ、誰かいるのか！　出てきやがれ‼」

仲間の一人の異変に気付き、誰かからの攻撃だとすぐに判断した男の一人が、声を張り上げる。そのリクエストにお応えしてお出ましししたいところではあるが、王都に向かうという目的がある以上有象無象に構っている時間はない。

「【ウォームウォール】、【アイスミスト】」

俺は以前ナタリーを助けるために使った魔法コンボを使って、すぐに悪漢たちを始末する。瞬く間に氷の彫像へと姿を変えた男たちを尻目に、いまだに呆然としている女性に目を向ける。

女性は二十代前半で、肩までの伸びた艶やかな栗毛と黄色い瞳を持ち、とても艶めかしい体つきをしていた。それこそ、男好きする体つきで、今回のような悪漢に襲われても仕方がないと言えるほどに……。

「あ、あのー？」

「面倒臭いから、ちょっと大人しくしててくれ」

「え？　い、一体なにを……って、きゃあっ！」

俺は説明も自己紹介もありとあらゆるプロセスをガン無視して、彼女を抱き上げた。いわゆる一つのお姫様抱っこである。彼女の方が背が高かったため、他の人間の目から見れば若干不格好に映っているかもしれないが、ここは我慢して彼女を運ぶしかないだろう。

そのままの状態で、人の気配のあるところにまで彼女を運んでいく、あまりのスピードに彼女が暴れまわった結果、彼女の丸みを帯びた大きな脂肪の塊を鷲掴みにするという事態が発生してしまった。

（まあ、これだけ暴れられたら落とさないように体を固定しないといけなかったからな。うん、仕方のないことだ）

誰にともなく言い訳する俺だったが、十二歳のこの体はいまだに目覚めていないため、彼女のそれを鷲掴みにしたところでそういった感情は一切起きることがない。精々、スライムを握りつぶしているのとなんら変わりなかったのである。

そんな状況の中、ようやく人の気配がある場所へとたどり着くと、彼女をお姫様抱っこから解放する。人工ジェットコースターを体験していた彼女にとってはとても恐ろしいものだったらしく、その場にへたり込んでしまう。

彼女の体力の回復を待っている時間が惜しいので、回復魔法を使って彼女の体力を回復させると、そのまま彼女の手を引っ張って前方に見える幌の付いた荷馬車へと近づいていく。

「ちょ、ちょっと坊や！　いきなりなんなの⁉」

「いいからついてこい」

「なんなのよ……もうっ」

俺が聞く耳を持たないのをわかったのだろう。文句を言いながらも、大人しくされるがままになっていた。……されるがままといっても、別にそういうことじゃないからな？

荷馬車に到着すると、護衛たちが前方に立ち塞がったが、俺を見た護衛の一人が声を上げる。

「【魔族狩り】の英雄さんじゃないか⁉どうしてここに？」

「まあ、いろいろあってな。ところで、ここの責任者は誰だ？」

「私です」

荷馬車から出てきたのは、四十代くらいの男性だった。おそらく行商人で雰囲気的に温和そうだったので、この人に任せれば大丈夫だろうと思い、彼女を任せることにした。

「突然で申し訳ないのだが、なにも聞かずにこの女性を最寄りの街まで連れて行ってやってくれないか？」

「いきなりそのようなことを申されましても……」

「その分礼は弾む。そうだな……これでどうだ？」

そう言って俺が差し出したのは、かなりの膨らみを持った麻袋だった。突然渡された麻袋の中身を確認した男性の目の色が変わる。

「こ、ここ、これは⁉」

「グレッグ商会で扱っている【魔石英のブレスレット】の大小と【ヘアピン】に【シュシュ】だ。この女性を最寄りの街に連れて行ってくれるなら、これを報酬として支払ってやろう。どうす――」

「連れて行きます！　いや、連れて行かせてください‼」

俺が言い終わる前に食い気味で返答する男性。どうやら、うちの商品もかなり有名になってきているらしいな。結構結構、コケコッ――やめておこう。

これ以上関わり合いになると、タイムロスが生じてしまうため、報酬先払いで無理矢理麻袋を渡し、その場をあとにしようとしたのだが……。

「ま、待って！　待ってください‼」

「なんだ？」

「あ、ありがとうございました。あの、あなたのお名前を教えてくださいませんか？」

「名乗るほどのもんじゃないさ。あんたを助けたのも、たまたま目に付いただけだ。気にするな」

それから、行商人の男性と護衛の冒険者たちに彼女に手を出すなとやんわりとした口調で言い含め、俺はその場を後にした。去り際になにか言いたそうな彼女だったが、これ以上は関わりたくないので、これでおさらばだ。……なに？　もったいないだって？　まだ目覚めていない俺にどうしろっていうんだ？

いきなりのテンプレだったが、ある程度の予想は付いていたので、まだ想定の範囲内ではあった。だが、同じことが四回も起こるとはさすがの俺も思わなかったがな……。

テンプレイベントを着実にこなしていき、俺が王都に到着したのはオラルガンドを立って四日後のことであった。

二章　王都ティタンザニア

迷宮都市オラルガンドを出立して四日後、ようやく王都ティタンザニアに到着した。本来であれば、これほど時間が掛かるはずはなかったのだが、度重なるテンプレに見舞われた結果、四日という長丁場になってしまった。

特に助けた女性を誰か他の人間に押し付け……もとい、任せるという作業に時間を割かれてしまい、本当に苦労した。そもそも都合のいい一行が見つかるということ自体が稀であり、仮に見つかったとしてもこちらの頼みを聞いてくれるとは限らないのだ。

その作業を繰り返すことになってしまったことで、本気モードで一日と掛からないはずの道のりが、四日という日数になってしまった。しかし、それでも常識的な観点から見れば、十二分に早い日数であることは間違いない。

シェルズ王国でもっとも栄えている都市である王都ティタンザニアは、人口が百万人を超える大都市であり、上空から俯瞰で見ると某国の国防総省のような五角形の形をしている。

ありとあらゆる品が国内外問わず集まり、他国からの観光客も多くまさに都会という言葉が良く似合う場所である。しかしながら、人口が多い分治安がいいところと悪いところの線引きがはっきりと明確化されており、知らないうちに治安の悪い場所へ足を踏み入れてしまったがために犯罪に巻き込まれることも珍しくはない。

そんな巨大な人口を、魔物などの外敵から守るために建設されたこれまた巨大な外壁は、優に十メートルは超えており、まさに鉄壁の様相を呈している。

そして、そんな王都に入るにはそれなりに厳しい審査を受けなければならず、現在俺は某夢の国のアトラクションに並ぶ客の気分で、今か今かと自分の番がくるのを待っていた。

「次の者」

長蛇の列に並びはじめて二時間後、ようやく自分の番がきたらしく声を掛けられた。重厚な鎧に身を包んだ門兵が身分証の提示を求めてきたので、ギルドカードを提示する。

「っ⁉まさかお前のような子どもがAランク冒険者だと？　こんな偽のギルドカードをどこで手に入れたんだ？」

まあ、そりゃあ見た目が十二歳の子どもがいきなりAランクのギルドカードを提示してきたら嘘だと思うよなー。俺が仮に門兵の立場でも、同じように思うわ。だが、残念なことに今回は本物のAランク冒険者なのだよ門兵くん。

「ギルドカードは、冒険者ギルド並びに商業ギルドが厳正に管理をする偽造不可能な代物だ。だからこそ、各国は身分証としてギルドカードを提示することが認めている。……違うか？」

「た、確かにそうだ」

「なら、そのギルドカードが偽物でないことぐらい見ればわかるはずだ。それとも、この国の王都の兵士はそんな常識も知らないほどの程度の低い連中なのか？」

「き、貴様っ！」

「……お前じゃ話にならん。責任者を出せ」

高圧的な態度にムッときた俺は、威圧のスキルを発動させそれを門兵にぶつける。いくら屈強な兵士であろうとも、俺の威圧をまともに食らって立っていられるはずもなく、片膝を付いて動けなくなる。

「それくらいにしてもらおうか」

俺がさらに威圧を込めようとしたその時、奥から責任者らしき三十代くらいの男が出てくる。この状況でも冷静に対処しているところを見るに、かなり場慣れしたベテランの兵士のようだ。

とりあえず、彼の指示に従い威圧を解く。すると、運動をしていないのにも関わらず威圧を掛けられた兵士から大量の汗が流れ落ちる。

「この状況の説明が必要か？」

「いや、必要ない。大方そこの馬鹿がまたよからぬことを仕出かしたのだろう」

どうやら、俺に突っかかってきた兵士は常習的にこのようなことをしているらしい。なんでそんな奴が、王都の顔である門兵をやってるんだ？俺の顔色を見てなにを考えているか察した責任者が、説明してくれた。

「こいつの家は貴族の出でな、散々甘やかされて育ってきたらしく、家の者に鍛え直してほしいと頼まれる形でこの仕事をやらされているんだ。だが、長年染みついた性根ってやつは簡単に直るもんじゃない。俺も何度も言い聞かせているんだが、俺の目を盗んではこんな下らないことばかりを仕出かしてるんだ」

そう言い終わると、まるで腫れ物に触るかのようなため息を吐く。なるほど、貴族の人間だから首にしたり他の部署に左遷したりすることもできず、かといってなにもさせないというわけにもいかないため、簡単な仕事を任せているがこういった問題ばかりを起こす人間ということか。

「まあ、事情は大体わかった。で、もちろん通してくれるんだろ？」

「ああ、それについては問題ない。ギルドカードも確認したが、間違いなく本物だ」

責任者の男に改めてギルドカードを確認してもらったが、なんの問題もなかったため、そのまま通行の許可をくれた。だが、今回の一件であの兵士が反省するとは思えないため、一応どこの誰か聞いておくことにした。

「おい、お前どこの貴族家の者だ？　名前を聞いておこう。あとで抗議することも視野に入れなければならないからな」

「……」

　俺の言葉にささやかな抵抗を見せているのか、返事がない。まあ、別にお前じゃなくても聞く相手はもう一人いるんだがな。

「どこの家の者だ？」

「メロディナンド伯爵家の三男坊だ。名前はミカエル・メロディナンド」

「っ⁉」

　俺の問いかけに、責任者の男が淀みなく答えたのを聞いたミカエルが、驚愕の表情を浮かべる。おそらく教えないと思っていたのだろう。

　門兵というのは、街や都市にとって顔役という役目を担っており、門兵の素行が悪ければその街や都市全体がそんな土地柄なのかと思われる可能性がある。それゆえに、門兵というのはできるだけ真面目で模範的な限られた人間にしかなれない役職であるはずなのだ。

　門兵に粗相があれば仮にその相手が王族や貴族であった場合、外交問題となる可能性もあり、決して軽率な行いを取ってはならないのである。最悪の場合、粗相をした兵士は極刑に処せられることもあるため、たかが門兵の仕事と侮ってはならないのだ。

「そうか、抗議するかは別として顔と名前は覚えたからな。ミカエル・メロディナンド」

「ちなみにだが、俺はこの王都の門前警備隊の隊長をしているロッゾだ。なにかあれば、連絡を寄こしてくれ」

「わかった。ああ、そうそう、ついでにどこかおすすめの宿を聞いていいか？」

俺の問いに苦笑いを浮かべながら、ロッゾが宿を教えてくれた。もうここには用がないので、門を潜りようやく俺は王都へと入ることができたのであった。

王都に入ると、まず目に飛び込んできたのは巨人族でも余裕で通れそうな幅広い大通りだ。大きい馬車が数台並んでも余裕ですれ違うことができるくらいの大通りには、多くの人々が行き交っており、王都に相応しい人通りだ。王都の人の多さに感心していると、そこであることを思い出し歩みを止めた。

「待てよ、新しい宿ということは……やっぱあれだよな？」

今回で四回目の宿ということでもはや確実なのはわかっているが、それでも普通の宿だという期待が強くなってしまう。

「とりあえず、行ってみるしかないな！」

ここで立ち止まっていてもなんの進展もないため、覚悟を決めてロッゾがすすめてくれた宿へと向かうことにした。

十数分後に到着した宿は【旅人の止まり木】という名で、オラルガンドの宿とそれほど変わった点はない。警戒しながら中に入ると、そこにいたのは妙齢の女性だった。

「いらっしゃいませ！ 宿泊ですか？ それとも食事ですか？」

「宿泊で頼む。とりあえず、一人部屋を食事付き五日分で」

「わかりました。それでは中銀貨一枚と小銀貨五枚になります」

ということは、食事付き一泊で小銀貨三枚か……さすがに王都だけあって料金も割高だな。当然値切る必要もないので、言われた金額を払い鍵を受け取る。

「新しいお客さんかい？」

「ああ、女将さん。はい、新規のお客さんです」

「ですよねー」

そこにいたのは、見覚えのある中年美女性だった。豊満な肉体と魅力的な色香を持ち合わせたその姿は、もはや見覚えしかない。

「それで、あんたはなにーナさんなんだ？　ノサーナさんか？」

「坊や、なんであたしの名前を知ってるんだい？」

「やっぱりかい！」

どうやら、この宿も某アニメに登場する女性警察官方式が取られているようだ。とりあえず、お決まりなので言っておく。……うん、知ってた。

ひとまず、部屋を確認するため、二人と別れて二階にある自分の部屋に向かうことにしたのであった。この調子じゃ、冒険者ギルドも……いや、もはやなにも言うまい。

「ふうー、今回もジュンサーさん方式だったか……」

先ほどの宿での出来事を振り返りながら、小さくため息を吐く。とりあえず、今はそんなことは気にせずせっかくの王都に来たということで、今後の予定を組み立てていこうと思う。

まずは王都観光と称して、いろんな場所を散策してみようと考えている。この王都でしか手に入らない物や、ここでしか見られないものが絶対にあるはずなので、それを見てみたい。

……うん？　国王との謁見？　なにそれおいしいの？　そんな下らな……もとい、どうでもいいことなどさておいて、今は王都を観光することが第一優先である。それに、呼出状が届いてから王都に到着する平均日数は十日ほどであるらしいので、少なくともあと二、三日は遊んでいられるのだ。

「最初は目先の問題として、冒険者ギルドに行ってアレを確認しなければなるまい……まあ、十中八九あいつらがいるだろうがな」

　もはや俺の中で確定事項となっていることを念のために確認しようと思い、さっそく宿をあとにして冒険者ギルドに向かった。

　王都の冒険者ギルドもまたオラルガンドの冒険者ギルドに引けを取らないほど大きく、さすがはこの国一番の大都市にある冒険者ギルドだと感心する。

「うわー、天井が高いなー」

　あまりの壮観さに十二歳らしいリアクションを取ってしまう。……あれ？　リアクション取っていいんだよな？

　とまあ、内装に関しての感想はまた後日ということで、さっそく例のアレを確認していこうじゃないか。

　横並びに複数の受付カウンターがある正面側に足を向け、受付にいた眼鏡を掛けた見覚えのある巨乳の女性に声を掛けた。

「やあ、たぶん合ってると思うんだが、メリアンかな？」

　最初はマリアンで次がミリアン。そして、オラルガンドではムリアンだったので、今回は当然メリアンになるはずなのだが……。

「あ、はい。私はメリアンですが、どこかでお会いしましたでしょうか？」

「やっぱりな。で、マミムの連中とはどんな関係だ？」

「マミムってなんです？」

　おっと、どうやら説明を省きすぎてしまったらしく、訳のわからないといった表情をメリアンが浮かべる。そりゃ、いきなりマだのミだのムだの言われてそれを理解しろという方が無理な話だ。

俺はメリアンに今まで立ち寄ってきた冒険者ギルドの名物受付嬢の話をしてやり、その血縁者であろうメリアンがどういう関係者なのか聞きたいことを説明してやった。

「私はムリアンの父親の妹の旦那の姉の子どもです」

「……それはもはや他人なんじゃないか？」

「そんなことありません。ちゃんとした親戚ですよ！」

ムリアンから見て明らかな遠縁の親戚加減に、思わず口に出してしまったが、どうやら彼女にとっては大事なことだったようで、勢い良く抗議の声を上げた。まあ、俺にとっちゃどっちでもいいんだがな。

とりあえず、眼鏡巨乳の受付嬢は確認が取れたので、もう一人の受付嬢についても聞いていく。ちなみに宿の方でのもう一人は、出会ってはいないがおそらく存在するだろう。たぶん、ノーサ辺りだろうな。

「ここにニコルかサコルはいないか？」

「いいえ、おりませんが」

「じゃあ……シが付く名前の受付嬢は何人いるんだ？」

「メリアン先輩、ちょっといいですか？」

俺がそんなことを聞いていると、メリアンに話し掛けてきた。見た目はどこにでもいる普通の感じなのだが、俺の勘が普通じゃないと告げている。なんなのだこの感覚は？

「ああ、それなら向こうの棚にあったはずよ」

「ありがとうございます。さっそく探してみます」

「待ちなさいシコルル、リボンが乱れてるわよ」

「そっちかぁぁぁあーい！」

俺の突っ込みに何事かと周囲の冒険者たちの視線が向くが、なにもないと知るとその視線を元に戻す。……いかんいかん、いきなりの不意打ちに思わず叫んでしまった。

とりあえず、この少女がもう一人の名物受付嬢であることは間違いないだろう。それにしてもシコルルか、確かにシが一個足りないとんでもないことになるから、これはこれで仕方のないことなのか？

などと、俺が無駄な思考を巡らせている間にシコルルが自分の仕事に戻って行ってしまう。別段彼女に用はないが、ちょっと話してみたかった気もしなくはない。

「それで、冒険者ギルドになにか用ですか？」

「用といえば用だが、一応俺の目的は今この瞬間達成された」

「はあ」

「いや待て、まだあと一人濃い奴が残っていたな……解体場はどっちだ？」

「おい、メリアンちょっといいか？」

「出たぁぁぁあああ‼ハゲ坊主だぁぁぁぁあああああ‼」

そこに現れたのは、俺が会いたかったもう一人の人物である。その頭頂部は、髪の毛一本生え揃っておらず、紛うことなきハゲがそこにいた。だが、彼らは決まってこのセリフを口にする。

「誰がハゲ坊主だ！　これは剃ってんだよ‼」

彼らの中では、そういうことになっているらしい。とにかくこれで俺が冒険者ギルドで果たしたかった目的はすべて達成できたといっても過言ではない。とりあえず、最後にこのハゲの名前を当てておこうか。

「うーん……」

「な、なんだ坊主？　どうかしたのか？」

「えーっと……あっ、ツルルドだ‼」

「うん？　なんで俺の名前を知ってるんだ」

当たっちゃったよ。というか、今までの俺のこの系統の名前当てクイズの正解率妙に高くないか？

まあ、そんなことはどうでもいいことではあるがな。

これで冒険者ギルドでの目的は達成したので、不思議な顔でこちらを見ているメリアンとツルルドに「また来る」とだけ伝え、俺は冒険者ギルドを後にした。

ギルドを後にしたあと、俺が向かった先は市場だ。この国一番である都市の市場に、どんな品が売られているのか興味があったのだ。

「お米～大豆～お酢～、お米～大豆～お酢～」

新しい場所へとやって来たことで、まだ入手していない物が手に入るかもしれないという期待感から、鼻歌交じりに市場を散策してしまう。その内容がもろに食材に偏っている気がしなくもないが、俺にとってこの三つは最優先で手に入れたい食材なため、それが口を突いて出るのは致し方ないことなのだ。もう一度言うが、致し方ないことなのである！

米は言わずもがな、日本人のソウルフードであり、日本人に生まれたからには米という存在は切っても切れない物なのだ。大豆は、味噌や醤油などの日本を代表する調味料を作るのに必要であり、これを手に入れられれば和食のラインナップがかなり増えることになる。そして、最後のお酢は以前俺が作った【たまごサンド】に使われるであろうマヨネーズと、トマトを原材料とする調味料であるケチャップを作るのに必要な物だ。

以前のたまごサンドではマヨネーズは入れなかったので、もしかしたらその状況を見ていた日本出身の第三者がいた場合「マヨネーズは？」と疑問に思っただろうが、マヨネーズを作るためにはお酢が必要だったため、作りたくても作れなかったのである。もちろんお酢なしでも作ろうと思えば作れただろうが、味の方は日本産のものと比べるとかなり落ちてしまうと考えたため、あえて作らなかったと言い訳しておく。

兎にも角にも、王都の市場にやってきた目的である新しい物を手に入れるべく、露店を見て回る。さすがに王都の市場だけあって店の数も取り扱っている品数も多く、目移りしてしまい、ついつい大人買いのさらに上貴族買いをしてしまう。まあ、元貴族だし間違ってはいないのか？

出店されている店の割合としては、食べ物や料理を扱う飲食系が四割、食材を扱う店が三割、装飾品を扱う店が二割で残り一割がその他である。食材的に新たに手に入れたのは、きゅうり・トウモロコシ・ブロッコリー・みかん・いちご・ぶどうで、すべて買い占めた。あまりの根こそぎ加減に食材を販売していた店の人が唖然としていたが、そんなことは俺の知ったことではない。

次に訪れたのは装飾品を取り扱う店で、これについては身に着けるために購入するというよりも、今後グレッグ商会で取り扱う装飾品を増やす際の参考にする部分が大きい。

店員に王都での流行りを聞き、大体の内容を把握したのでそのお礼としていくつかの装飾品をこれまた大人買いした。大体が女性用なので、今度オラルガンドに戻った時のお土産として配ることにしよう。

「うまそうだな。一つくれ」

「あいよ、小銅貨三枚ね」

おいしそうな肉の匂いを漂わせていたので、試しに一つ買って食べてみることにした。なにかの肉が串に刺さったいわゆる肉串というやつで、特に珍しいものではないが、肉は柔らかくうまかった。

「っ！　おい、お前、なんのつもりだ？」

「ふぐっ、ふぁにふぉふる」

　俺が肉串の味を楽しんでいたその時、突如として俺の懐に伸びてくる手があった。それを瞬時に察知したので、その手を取って掴み反対の手で相手の頬を鷲掴みにした。どうやら頬を掴んでいるため、なにを言っているのかわからなかったが、おそらく「なにをする」と言っているということだけはなんとなくわかった。

　これではまともに会話ができないので、仕方なく離してやると、逃げようとしたので襟首を掴んで逃げられないようにした。

「な、なにするんだ！　離せ離せよ‼」

「なにをするはこっちの台詞なんだがな……。お前、俺から掏ろうとしただろう？」

「な、なんのことだ？　俺はたまたま手を上げたら、あんたがそこにいただけだ」

　俺が追及すると、目をこれでもかと泳がせながら動揺しているのが手に取るようにわかる。相手は俺よりもさらに歳が下の男の子で、見た目的には九歳かそこらだろう。

　日々の生活にも困っているのか、服はボロボロでまともに風呂にも入っていないのか、髪の毛はぼさぼさで若干きつめの臭いも漂ってきている。

「おい」

「な、なんだよ！　あぁ？　な、なんだこれは⁉」

　俺はストレージから中銀貨一枚を取り出すと、それを自分の右手の平に乗せ、少年の手に重ね合わせた瞬間に中銀貨を彼の手の平に残すように渡した。いきなり自分の手の平に中銀貨という大金が現れたことに驚いていたが、それを寄こした犯人が俺だと理解すると警戒の色を浮かべながら怪訝な顔を向けてくる。

　一日の食費が大銅貨三枚の家庭が一般的とされているこの国の人間にとって、中銀貨一枚は約一月分の食費に相当する。給金として支払われる以外に見ることはほとんどない中銀貨を、歳が自分とあまり変わらない身も知らぬ少年である俺に手渡されたことに戸惑っているようだ。

「次はもっと上手くやることだな。じゃあな」

「あ、お、おい！」

　俺は少年の呼びかけに答えることなく、右手を肩口から後ろ手に振りながら踵を返し、賑わう雑踏へと消えていった。少年もそれ以上関わりたくないのか、追いかけてはこなかった。

　なぜ少年に中銀貨一枚を渡したのか……特に明確な理由はないが、なんとなくそうしたい気分になったからだ。……そう、あれだよあれ。ほら、一日一善ってやつだよ！　今日はまだ善い行いをやってなかったから、あの子に中銀貨一枚を渡して今日やってない善行の代わりにしたんだ。……なに、言い訳が苦しい？　やかましいわ！　なんでもいいだろ‼　納得しろ‼

　それから、さらに市場を見て回ってみたが、目下捜索中のお米・大豆・お酢のうち、お酢を見つけることができたのであった。ほら、やっぱ一日一善の御利益があったじゃないか！　参ったか‼

　お酢を売っていた店で調味料や香辛料の類いも売られていたので、知らないものから知っているものまで一通り購入した。……ん？　お酢はどうだって？　もちろん根こそぎ買い占めましたとも。またドン引きされたけどな。

　とりあえず、三つのうち一つが見つかったため、今日の散策はこれくらいにして、一度宿へと戻ることにしたのだった。余談だが、宿に戻る道中で質のいい小麦が売っていたので、それも忘れずに買ったことも付け加えておく。

「さあ、始まりましたぁー！　ローランドのイケイケ三分間クッキングのお時間です‼」

相変わらず訳のわからない料理番組のコーナーが始まったが、今回は料理というよりもどちらかというと調味料に近いかもしれない。

王都の宿からオラルガンドの自宅へと瞬間移動した俺は、さっそくキッチンで目的のものを作るべく腕まくりと手洗いを済ませる。今回は王都の市場でお酢が手に入ったので、あの伝説の日本人には必要不可欠なものといっても過言ではない調味料であるマヨネーズとケチャップを作ることにしたのである。

作るといっても、使用する材料も作り方もそれほど難しいものではない。塩と胡椒とお酢は両方同じで、その他の違いがあるとすればマヨネーズには卵がケチャップにはトマトが必要だということくらいだ。

特に気負うことなく、簡単な作業でマヨネーズとケチャップが完成したので、さっそく野菜スティックを作って試食してみる。

「流石に、野菜スティックにケチャップは合わんか」

野菜スティックに使用する調味料としてマヨネーズは定番なため、味は想像した通りになったが、ケチャップは別の料理で試すべきだったと後悔した。

次にケチャップに合う料理を考えた時、卵を使った目玉焼きやスクランブルエッグを思いついたので、速攻で作りケチャップで食べてみた。

「うん、これは合うな」

スクランブルエッグはともかく、目玉焼きにかける調味料で最強はこれだという白熱した議論を、当時学生だった頃の友人たちが話していたが、マヨネーズ・ケチャップともに甲乙つけがたい。

その友人たちは典型的なマヨラーとケチャラーであり、ごはんにかける飯の友として各々マヨネーズとケチャップを選択するほどの猛者であった。

当然の帰結といえばそうなのだが、結局二人の議論は平行線を辿り、学校を卒業した後で定期的に開催された同窓会でも同じ議論を繰り広げ続け、俺がその生涯に幕を閉じるまでに決着がつくことはなかったのだ。

とどのつまり、目玉焼きという料理にかける調味料で最高のものはなにかという議題に対しての最適解は〝それぞれが一番おいしいと思うものをかけるべき〟ということなのだろうと、今の俺はそう考えている。

ちなみに、俺は塩胡椒でも醤油でもソースでも、もちろんマヨネーズでもケチャップでもなんでもかけて食べることができるため、友人からは〝この蝙蝠野郎が！〟と言われてしまい、その腹いせに友人にアイアンクローをかましたのは、今となってはいい思い出である。

「ああ、あと大事なのはこれだよなー」

俺がいつぞやに作った料理である【たまごサンド】についても、これで本来のたまごサンドを再現できるようになったので、さっそく作ってみた。若干マヨネーズを多めにしてしまったため、たまごサンドの中の具がタルタルソースのようになってしまい、俺の意図しないところで【タルタルサンド】という新しい料理が完成してしまった。……まあ、うまかったからいいけどな。

とりあえず、マヨネーズ&ケチャップの味の確認についてはこれくらいでいいと思ったが、調味料の出来を確かめるための食材に野菜や卵しか使っていないことに気付き、やはりあの料理を作らなければならないことに思い至る。

「でも、あれを作るためには植物性食物油が必要になってくるんだよなー」

俺が次に欲している物のリストに新たに【植物性食物油】が追加された。具体的なものとしては、菜種油が代表的だろうか。この世界で菜種が存在しているのかは別として、いずれは手に入れてやると心に決める俺であった。もちろん、お米（食べるため）と大豆（醤油と味噌のため）もな。

今ある食材を使って、マヨネーズとケチャップが必要な料理を作り上げていく。さらに卵を使って作ったプレーンオムレツに、上質な小麦から小麦粉を生成し作り上げたピザなども作り上げた。特にピザができたことは上々で、これで日々の食生活も豊かになるというものだ。

それから、もはやマヨネーズやケチャップなど関係なく脱線に脱線を重ね、王都で手に入れたトウモロコシを使った焼きトウモロコシ（醤油なしバージョン）を作ったり、ブロッコリーを湯がいてマヨネーズを絡めたものを食べたり、今まで手に入れた果物を使った果物盛り合わせを作っているときに、いちごを見てショートケーキを作りたいから牛乳も必要だなということで、新たに欲しいものリストに牛乳が追加されたりといろいろなものを作りまくった。

気付けば、空は茜色に染まっており、慌ててキッチンを片付け王都の宿に戻った。戻ってすぐに宿の人間が部屋にやってきて、夕食ができたことを告げに来たので、もう少し遅れれば危ないところだったかもしれない。

兎にも角にも、お酢が手に入ったことで前世の地球で使っていた調味料であるマヨネーズとケチャップを再現することに成功し、料理の幅が格段に増えたのであった。

〜〜〜

翌日、再びオラルガンドの自宅に戻り、さらに追加で【うどん】・【パスタ】にラーメン……はまだ材料が足りないからできなかったが、うどんとパスタが完成する。味も申し分なく、うどんは魚の出汁が欲しくなり、パスタはミートソースを作ることで【ミートソーススパゲティ】が完成する。他にもにんにくを使った【ペペロンチーノ】や野菜をふんだんに使った【スパゲッティ風焼きそば】という創作料理みたいなものも作ってみた。

「ふう、余は満足じゃ……」

十二歳の体には不釣り合いな膨れ上がったお腹を叩くと、しばらくおいしいものを食べた満足感に浸る。いつの間にか、旅の目的が観光からおいしい物を追い求めるグルメ旅に変わりつつあるが、それはそれとして今この状況を楽しむことに全力を注ぐ。

しばらくして、ぽっこりと膨らんだお腹が引っ込みはじめてきたのを見計らって、散らかしたキッチンを片付けた後、再び王都の宿に戻ってきた。まだまだ王都の散策が終わっていないため、ある程度地形を把握するまでしばらくは王都を観光するというのもありかもしれない。国王への謁見は、俺にとってはもののついででしかないのである。

「ってか、もう国王に謁見するの面倒臭くなってきたんだが……」

今回の主目的であるはずだった国王への謁見がいつの間にやら副目的になりつつある中、更なる発見を求めて王都を散策する。

「お姉ちゃん、お腹空いたよ……」

「我慢しなさい。食べる物なんてもうないんだから」

人通りの少ない場所へとやってきたその時、路地の片隅で身を寄せ合う幼い姉弟がいた。昨日出会った少年もみすぼらしかったが、この姉弟もボロボロの服を着ている。二人とも俺よりも年下くらいで、姉は九歳で弟は六歳といったところだろうか。

「こんなところでなにをしている？」

「お兄ちゃん誰？」

「ダメよマーク！　知らない人に話し掛けては……」

「なに？　お前、マークという名前なのか？」

「う、うん。そうだよ」

「……」

俺の弟と同じ名前か……決めた。助けましょう‼　一日一善プロジェクト第二弾ってやつだ。……文句は受け付けないぞ？

俺はストレージの中から、昨日と今日作った料理を姉弟に与えた。最初は警戒していた姉弟も、目の前でいい匂いのする料理の誘惑には勝てず、俺の手から料理を受け取り無心になってがっついている。

一通り満足したのか、満足そうな顔を二人が浮かべたところで、昨日の少年に引き続き俺は二人に中銀貨一枚を与える。突然差し出された大金に姉が断っていたが、無理矢理に彼女の手に中銀貨を握らせ、俺はその場を後にした。

「あ、ありがとうございました！」

「ありがとう」

「気にするな」

そう言いつつ、俺は掏りの少年と同じように肩口から後ろ手を振りながら、姉弟たちを別れた。それにしても、この王都は大都市だけあって孤児の数が多いようで、掏りの少年や先ほどの姉弟のようにボロボロの服を着た子どもたちが人気のない場所でその場から動かずにいるのを何人か見かけた。

身寄りのない子どもの面倒を見る孤児院などがあるはずなのだが、どうやらすべての孤児を受け入れるほど国からの支援が行き届いていないらしく、孤児たちが王都の路上で生活しているのが現状であるようだ。

「子どもは国の宝だというのに……ああ、そういえば俺もまだ子どもだったな」

自分がまだ十二歳だということを忘れていたことに気付き、俺は苦笑いを浮かべる。孤児の面倒を見るつもりはないが、このまま黙って見ているというのもなんとなく薄情な気がしなくもないため、なにか俺にしかできない形での支援をするべきだろうかと考えてしまう。

「いや、それはそれでとても面倒臭いことになりそうだからな……だがしかしだ」

元日本人としての気質がそうさせるのか、はたまた俺個人としての感情なのかはわからないが、ここで考えても出ない答えに歯痒い思いをしながらも、俺は今日の王都の散策を終えた。

〜〜〜

王都に到着してから、既に三日目に突入し王都散策も大体半分程度終了した頃、突然宿に来客があった。二階から一階の受付に下りてみると、そこにいたのは地味だがしっかりとした衣服を身に纏(まと)った男性だった。

「あんたは?」

「はじめまして、私は王宮で外交部門の仕事を仰せつかっておりますディプロと申します。オラルガンドから来られたローランド様でお間違いないでしょうか?」

……なるほどな。どうやら国側も無能な人材ばかりではないらしく、既に俺が王都に入っていることを知っていたらしい。まあ、特に隠密行動は取ってなかったから、これで王宮側が把握していないとなると、それはそれで国の諜報部門は機能しているのかを疑わなければならないからな。今回はちゃんと諜報部が仕事をしたらしい。

「ああ、そうだ」

「失礼ですが、どうして王宮にご連絡をしておられないのでしょうか？ 呼出状には〝王都に来た際には、王宮に連絡を入れろ〟と記載されていたはずですが？」

そう言いながら、ディプロの目つきが鋭い物へと変わっていく。つまり〝王都に来たんなら、とっとと連絡を寄こさんかい我ぇ〟と言いたいらしい。

こんなこともあろうかと、俺は体のいい言い訳を考えついていたので、さっそくそれを実行に移す。

「確かに、呼出状にはそういった記載はされていた。だが、一般的にオラルガンドからここ王都までの道のりは、十日前後の日にちが掛かると聞いた。であれば、それ以前に到着したとしても、旅の疲れを癒し謁見に万全な状態で臨めるよう準備する期間をもらってもなんら問題はないはずだ。それとも、この国の国王様はそんなささやかな気づかいを無下にするような器の小さな人物であるとでも言いたいのかな？」

「そ、そのようなことは決してありません」

オラルガンドから王都までの四日と、王都散策に使った日数の三日を足しても、まだ三日ほどは余裕がある。仮にあと二日ほど王都で遊び歩いて……もとい、謁見に万全な状態で臨むためのコンディション作りを行っても、通常ではまだ王都にすら到着していないことを鑑みれば、なんら問題はないのである。

そして、さらに先ほど俺が言った通り、俺のここ数日の行動は謁見に向けての下準備のようなものであり、それを咎めるようなことを軽はずみに言ってしまえば、それは国王との謁見に異を唱える結果に繋がりかねず、場合によっては国王に対する反乱の意志ありと捉えかねられないのだ。

だからこそ、俺がこの王都で過ごしてきた観光にしか見えないような行動も、謁見に向けての準備として認識せざるを得ないということなのである。

「なら、なにも問題ないな。それで、そんなことのためにわざわざ俺に会いに来たわけじゃないんだろう？ 謁見の日取りでも決まったのか？」

「ええ、そうでした。まさにあなた様の言う通り謁見についての日程が決まりましたので、それをお伝えするために参ったのです。謁見は明日の朝一番に行われますので、遅れないようにお願いします。では、私はこれで」

「あいわかった。大儀である」

若干貴族モードを発動させ、ディプロに返答する。いささか怪訝な表情を一瞬浮かべながらも、明日の謁見相手ということで粗相があってはならないと判断したのか、すぐに真面目な顔に戻り軽くお辞儀をしてその場を去って行った。

ディプロが宿からいなくなったあと、とりあえず自分の部屋に戻りベッドに腰を掛ける。展開的には想定の範囲内ではあるものの、あともう一日は大丈夫だと考えていただけに組み立てていた予定を少々前倒しにしなければならないだろう。

「まあ、いつまでも会わないわけにはいかないだろうから、どのみち遅かれ早かれこうなる運命ではあったんだけどな」

王都に来た本来の目的はあくまでも国王との謁見であり、まかり間違っても観光などというほのぼのとしたものではないのが現実だ。であるからして、どれだけ先延ばしにしたところでいつかは国王に会わなければならなかったのは確実であり、それは避けては通れないことなのだ。

できれば会いたくはないが、俺が魔族を撃退したという情報は既に国王の耳に届いており、自分に会うために王都にも入ったことが知れ渡っている以上、もはや逃げられない状況にあるといってもいいのだ。仮に本気で会いたくないのであれば、二度とシェルズ王国に戻らない覚悟で他国に亡命するくらいでなければならないだろう。そんな犯罪者紛いのようなことはやりたくないし、なによりも面倒臭い。だったら、国王に会って自分の意志を伝えた方がまだ現実的かつ建設的であると俺は判断する。

「ま、なるようになるさ」

そう独り言ちながら、俺はその日も王都散策で時間を潰し、明日の謁見に向けて英気（？）を養うのであった。

～～～

シェルズ王国王城謁見の間にて、俺は片膝を付き、頭を垂れていた。謁見の予定を告げられた翌日、俺は逃げることなく国王との謁見に臨んでいた。

さすがに国の頂点の前でいつもの俺ワールドを展開するわけにはいかないため、ちゃんと宮廷作法に則った行動を心掛けている。俺は、根は真面目ちゃんだからな……うん。

「面を上げよ」

国王がそう促すも、俺はそのまま頭を下げたままだ。確か、礼儀としては、一度目は面を上げろと言われてもそのままの状態にしておいて、二度目でようやく顔を上げるというなんとももしち面倒臭い礼儀だったはずだ。もう一度言うが、面倒臭い礼儀だったはずだ。

「オラルガンドの英雄ローランドよ。面を上げなさい」

そして、二度目の面を上げよは国王のすぐ側に立っている宰相らしき人物から発せられた。それに従い、俺はようやく顔を上げる。

「なんと、まだ子どもではないか」

「本当に、あんな小僧が魔族を撃退したというのか？」

「大方、噂が独り歩きした結果だろうて。噂というものは、意図せずして大げさに伝わってくるものだからな」

ファンタジー小説でもよくあるシチュエーションで、国王との謁見に立ち会っている貴族たちが俺の姿を見て言いたい放題に言葉を交わしている。……おい、おっさんども、俺に聞こえてんだけど？

謁見の間は、それこそ厳粛な雰囲気を持った石造りの内装で、まさに他国の使者や国賓などとの会合の場として相応しい造りをしている。

中世ヨーロッパ程度の文明力と技術力しかないこの世界では、おそらく最高峰といっていい技術を使って建設されているだけはあるといったところだろう。

最奥部分に数段の段差があり、その最上段にはものすごく長い背もたれの玉座に、これ見よがしな王冠を被った精悍な顔立ちの男性が座していた。

シェルズ王国国王ゼファー・フィル・ベルベロート・シェルズ。白髪に近い短髪に無精髭を生やし、知的というよりもどちらかといえばワイルドさが前面に出ている人物だ。それが証拠に、服の上からでも鍛え抜かれた筋肉がわかるほどに盛り上がっており、筋骨隆々とはまさにこのことである。

「静まれーい！」

貴族たちがざわつきはじめたのを見計らい、国王が右手を横に振りながら大音声で叫ぶ。それはまさに王者の風格だ。だが、それでも口を閉じない馬鹿はどこの世界にもいるというもので……。

「国王陛下、発言をお許しください」

「バンギラス公爵か……よかろう」

（バンギラスって……おいおい。確かに強そうではあるが……）

ポケットなモンスターに出てきたキャラクターと同じ名前の公爵の出現に内心で突っ込んでいると、こちらを値踏みするように公爵が睨んでくる。そして、国王に対し堂々とした態度で、とある提案をしたのである。

「恐れながら、国王陛下。その子どもが魔族を退けたなどと言われても、到底信じられませぬ」

「ではどうせよと言うのだ？」

「左様ですな。本当に魔族を退けるほどの力をその子どもが有しているのであれば、わが国最強の騎士にも勝てるでしょう」

「ハンニバル近衛騎士団長か……」

またなんか強そうな名前の奴が出てきたんだが？　ハンニバルとか、どこの将軍だよ‼やはり国王との謁見は間違いであったか⁉

それから、あれよあれよという間に模擬戦の手配が行われ、先ほど名前が出ていたハンニバル将軍……じゃなくて、近衛騎士団長との模擬戦をすることになってしまったのである。

「お前が、魔族を撃退したという小僧か？　随分と小さいじゃないか」

（いや、あんたがデカいだけだよ……）

目の前に対峙する男は、身長百九十を軽く超えるほどの巨躯をした巌のような男であり、百六十そこそこしかない俺と並べばそのデカさが特に際立つ。先ほど小さいと言及したが、日本人の十二歳男子の平均身長は百五十前半くらいで、この世界でもいいとこ百五十五が精々だ。

そんな中、日本人男子から見てもこの世界の男子から見ても、平均以上の身長を持ち合わせている俺が小さいのではなく、現在進行形で対峙している目の前の熊のような男の背がデカすぎるという結論に至るのは、極々自然なことだと言えるのではないかと思うのだが、どうだろうか？

「シェルズ王国近衛騎士団長ハンニバルだ。先に言っておくが、模擬戦とはいえ手加減するつもりはないぞ？」

「ローランドだ。冒険者をやっている。それについては問題ない。早くはじめてくれ」

「なに？　抜かんのか？」

模擬戦の催促を俺がすると、怪訝な表情で俺を見ながら聞いてくる。今回国王に謁見するということで、ある程度身なりのいい装備を整えたつもりだが、その際に冒険者らしく腰に剣の一つも下げておいた方がいいんじゃないかということになり、一応帯剣してはいる。だが、本音を言えば俺がこの剣を振るうということはないと考えている。

理由はいくつかあるが、まず俺が剣での実践に慣れていないということだ。日々の鍛錬で剣を使った訓練は行ってはいるものの、実際にその剣が振るわれることは稀であり、現に俺が剣を実践で使ったのは二十にも満たない。もちろん、剣が苦手などという現実的な理由ではなく、剣よりも魔法で倒した方が手に入る素材を傷つけないし、早くて楽だということが先行して剣術のスキルは育っていても実際に剣を使った戦いはあまりやったことがないというのが実情だったりする。

それでも、化け物レベルにまで進化している剣術スキルは、そこらの使い手よりも遥かに高くなっているため、そんな相手とまともに打ち合うことなどできるわけもなく、抜きたくても抜けないのだ。もし抜けば、剣を交えることもなく相手は確実に真っ二つになってしまうのだから。

「お前程度の実力では、この俺に剣を抜かせることすらできない。冗談でもなんでもなく、俺に剣で挑むには百年早い」

「ふふふ、はははは！　冗談にしては笑えんが、いいだろう。その傲慢が命取りになるということを思い知らせてやるわ‼」

「それでは……はじめ！」

ハンニバルが高らかに宣言すると、すぐに審判が模擬戦開始の合図を出した。その合図が出されるとほぼ同時に、俺に向かってハンニバルが突っ込んでくる。

巨体に見合うほどの大きな大剣を片手で振り上げ、そのまま俺の脳天目掛け振り下ろした。だが、そんな大振りな攻撃が俺に当たるわけもなく、振り下ろされた大剣が地面にめり込んだ。

近衛騎士団長としての実力を知る者からすれば、ハンニバルがいたいけな少年を無慈悲に断罪する描写のように映ったことだろう。だが、残念ながらそんなことにはならないんだよな。

「なん……だと」

「お前は馬鹿か？　そんな大振りな攻撃が当たるわけないだろうが」

俺はそう言い放つと、ハンニバルの懐に潜り込み大剣の付け根を狙って、その刀身に掌底を打ち込んだ。根元からポキリと折れた大剣にハンニバルは目を見開き驚愕するが、次の攻撃の暇すら与えることなく俺は相手の顔まで跳躍し、ある程度力加減を抑えた攻撃――デコピンを放ったのである。

「ぐはあっ」

突然顔に衝撃を受けたハンニバルは、たまらずその巨体が吹き飛ばされる感覚に襲われながら宙を移動する。その時間は体感的にはほんの僅かな時間でしかなかったが、それを実際に体験している本人からすれば、数十秒あるいは数分くらいの時間の長さを感じていた。

最終的にその身を床に打ち付けることでようやく自分の状況を理解することになるが、もはやそれ以上の戦闘を行うことができず、その意識を刈り取られてしまった。

ハンニバルという男の名誉のために言っておくが、彼は決して弱くはない。むしろ、先のバンギラス公爵の言う通り、このシェルズ王国という国において彼以上の剣の使い手はおらず、まさにこの国最強の騎士という看板に偽りはない。

ただ、その基準が一般的な戦士や騎士としての基準から見てという注釈が付くだけであって、その基準の埒外にいる俺と比べれば大人と赤ん坊ほどの差があり、俺から見ればただの一般的な騎士と変わらないだけなのである。

そして、ハンニバルが持つ近衛騎士という肩書は、主に王族の身辺警護が任務になるため、国の中でも高い水準の強さが必要となってくるのだ。一般的な騎士団の騎士と近衛騎士とでは明らかに強さのベクトルが異なり、一般騎士の強さの数値を十とするなら、近衛騎士はその二倍ほどの二十ほどになる。

実際のところこのハンニバルという男の強さは、俺がオラルガンドの二十階層で出会ったマモンという魔族の使い魔であるガルヴァトスを完封できるくらいの強さがあり、人間としては間違いなく五本か十本の指の中に間違いなく入るだろう。

「そ、そこまで！　勝者、ローランド‼」

動かなくなったハンニバルを確認すると、審判が戸惑いながらも勝負の結果を宣言する。こんな茶番に付き合わされた身としては、下らないを通り越してなんでこんなことをさせようと思ったのか、首謀者を小一時間ほど問い詰めたい気持ちに駆られてしまうほどだ。

「ま、まさかハンニバル近衛騎士団長がこうもあっさりと」

「ば、化け物だ」

「つ、強すぎる」

自国最強の騎士が、こうもあっさりと敗れ去ってしまったことに、あるものは驚愕しまたあるものは俺の力を恐れ慄く。その場が騒然となりはじめたその時、一人の男の高笑いが響き渡った。

「まさか、本当にハンニバルを倒してしまうとはな」

「ご満足いただけたようでなによりにございます」

「これで、貴殿がオラルガンドの英雄であることを疑う者はいなくなっただろう。改めて、礼を言う。このたびの魔族撃退の件、大儀であった」

別に国のためにやったことではないが、国王としては人間にとって強大な力を持つ魔族を退けたという偉業を称えないわけにはいかないのだろうと結論付け、お辞儀をすることでそれに応える。まだ騒然としているその場の空気を「静粛に」のひと言で落ち着かせ、国王が俺に問いかけてくる。

「時にローランド殿、このたびの件で貴殿になにか褒美を与えたい。なにか望むものはあるか？」

「なにか頂けるというのであれば、この私のささやかな願いを三つほど叶えてくださいませ」

「ほう、三つとな……して、その三つの願いとは？」

俺の言葉に落ち着きを取り戻した貴族たちが「一つでも傲慢だというのに」とか「強欲な冒険者め」などの悪態を吐きはじめる。先ほどの模擬戦で俺の実力を知ったからか、最初よりも悪態の数が減っている気がする。

「静まるのじゃ！　失礼した。貴殿の願いを聞かせてくれ」

「ではまず一つ目は……」

国王の言葉に、俺は叶えてほしい三つの願いを口にする。その願いとは以下の三つだ。
・金輪際いかなる功績を挙げようとも、爵位と領地を与えないこと

・庶民の生活圏寄りにある屋敷（王都用の自宅）がほしい
・王都にある大図書館と王城の書庫にある書物を読みたい（入館の許可）
まず爵位に関しては、言わずもがな面倒臭いというのが一番の理由だ。せっかくマルベルト男爵家の継承権を弟に押し付けたのに、新しい貴族家の当主になってしまっては本末転倒もいいところである。それを避けるために、あえて今回の件の褒美として爵位と領地を恒久的に与えないという約束を国王から取り付ける狙いがある。

あとの二つは、魔族を撃退したという功績があった以上、国としてはなにかしらの褒美や恩賞を与えなければ国としての面子に関わってくる。こちらとしては、そんな面子などどうでもいいことだが、そうも言っていられないため、王都での活動拠点用の屋敷と大図書館並びに王城の書庫の入館許可の二つで帳尻を合わせることにしたのである。

「以上が私のささやかな願いにございます」

「本当に、爵位や領地は要らぬと申すか？　このたびの功績で子爵位を与えることも――」

「要りません」

「……で、あるか」

「……で、あります」

予想は付いていたが、魔族と渡り合える力を持つ俺を取り込みたかったらしく、少し不満気な顔を浮かべつつも、こちらの機嫌を損ねることを恐れてか意外とすんなり最初の願いは受け入れられた。あとの二つに関しても、問題なく受け入れられたが、それだけで済むわけがないのが世の中というかなんというか……。

「貴殿の願いはすべて叶えよう。だが、この程度ではこちら側が少々貰い過ぎている。よって、オラルガンドの英雄ローランドよ。貴殿の功績を称え【ミスリル一等勲章】とこのたびの恩賞金として【大金貨五百枚】を与えることとする。これに異がある者は、この場にて即座に申し出よ」

（え、マジか？ ミスリル一等勲章……だと⁉）

ミスリル一等勲章とは、国に対して多大なる功績があった者に与えられる勲章であり、シェルズ王国が国として発足してから今まで五人の人物にしか与えられていない、最高の栄誉とされている称号だった。

俺がマルベルト家の書斎で知識を蓄えていた頃に、ちらっとだけ国に貢献すればそれに応じた勲章が与えられるという記載があったことを今思い出した。その与えられる勲章の中でも最高峰のものとされているのが、今回のミスリル一等勲章なのである。

その勲章が与えられることにその場にいた貴族たちがざわめき出すが、国王の決定に異を唱えるチャレンジャーはおらず、俺の意志とは裏腹に褒美の追加が行われることになってしまったのであった。

「それでは、オラルガンドにて魔族の撃退を為したAランク冒険者ローランドに、ミスリル一等勲章を授与いたします」

「ありがたく、頂戴します……」

恭しく勲章を受け取った俺は、そのまま胸の辺りにそれを装着する。あれからつつがなく勲章の授与式は行われ、結局のところ断る隙もなく半ばなし崩し的にミスリル一等勲章を受け取る羽目になってしまった。

おそらくだが、元からミスリル一等勲章と子爵位と領地を授ける予定だったが、俺が爵位と領地の受け取りを拒否したため、せめてミスリル一等勲章だけはなんとしても受け取ってもらわなければならなかったのだと予想を立てた。

それが証拠に、急遽決まったにしてはすぐに現物の勲章が出てくるのもおかしいし、授与を担当した宰相もまるであらかじめ練習していたかのような淀みのない受け渡し文句だった。

そんなことを考えていると、急に周りの貴族が騒ぎ出した。どうやら、俺が模擬戦で吹っ飛ばしたハンニバル近衛騎士団長が目を覚ましたらしい。

「うーん、ここは……そうか、俺は敗れたのだな」

「気が付いたようだな、ハンニバル近衛騎士団長」

「国王陛下……」

起き上がったハンニバルに、声を掛ける国王。国王に声を掛けられたハンニバルの顔には、いろいろな感情が織り交ざっていた。おそらくは、この国を代表する騎士として敗北したことや、俺を見た目で判断し侮ってしまったことなどいろいろと推測することはできるが、実際のところを言えばどれに当て嵌まるのかは本人であるハンニバルにしかわからない。

「小ぞ……いや、ローランド殿。先ほどは失礼した。この非礼は俺の命をもって償わせていただ――」

「そんなものは必要ない。それに、あんたはこの国最強の騎士だ。その肩書は、決して軽いものじゃないはずだ。あんたの命は、もはやあんただけのものじゃない。国民や部下である騎士、そして護衛対象である王族などあんたが背負っているものはとてつもなく重い。それを忘れるな」

「ローランド殿……俺の不躾(ぶしつけ)な願いを一つだけ聞いていただけないだろうか？」

「なんだ？」

いきなり改まって話しはじめるハンニバルに、どことなく嫌な予感と既視感を抱きながらも、間違いであってくれと淡い期待を込めつつ彼の頼みとやらを聞いてみた。だが、悪い予感というのは万国共通ならぬ万世界共通なのかと言わんばかりによく当たるものであるからして……。

「俺を弟子にしてく――」

「断る！」

「なぜだ、師匠!?」

「誰が師匠だ！　お前を弟子にする気はない!!」

やはりというべきかなんというべきか、このパターンはどことなく予測ができていたが、まさか本当にこうなるとは思わず、国王との謁見中にもかかわらず取り乱してしまった。

「コホン、ハンニバルよ。気持ちはわからぬでもないが、今は公の場だということを理解すべきではないか？」

「はっ、申し訳ございません」

「よい。では、ローランド殿。改めて、このたびのオラルガンドの一件大儀であった!!」

「勿体なきお言葉にございます」

「これにて今回の謁見を終了とする。ローランド殿は、このあとまだ話が残っているので、陛下の執務室までご足労願いたい」

謁見中にもかかわらず、私情で行動するハンニバルを国王が諌める。そして、改めて俺の功績を労ったのち波乱（？）の謁見は、無事かは正直微妙なところだが、終了した。最後に宰相からの言葉があり、俺はそのまま給仕服に身を包んだメイドの案内で国王が普段政務に取り組んでいる部屋に案内されることになった。

「ちょっといいか」

「はい、なんでございましょうか」

メイドに案内されている道中、どこかで感じたことのある気配に気づいた俺は、メイドにトイレに行きたくなったと告げ、来客用のトイレに案内してもらうことにした。外にメイドを待たせ、一番奥のトイレで用を足していると目的の人物がやってきた。

「久しいな、ロラン。いや、今はローランドと名乗っていたな」

「こちらこそ、お久しぶりですね。バイレウス辺境伯閣下」

そこに現れたのは、マルベルト領の隣の領地を治める領主のバイレウス辺境伯だった。なぜ彼が自分の領地からこの王都にいるのかと思ったが、なにかの報告のついでなのだろうと当たりを付け、本題に入ることにする。

「俺になにか用ですか？」

「その喋り方はやめてくれ。別にへりくだらなくても構わない」

「なら、遠慮なく。俺になんの用だ？」

バイレウス辺境伯の言葉に、俺は遠慮なくいつもの口調で問いかける。すると、バイレウス辺境伯の顔が困ったようなやれやれといった苦笑いを浮かべる。その意図に俺が内心で困惑していると、その顔の理由を話しはじめた。

「まさか、マルベルトのドラ息子と呼ばれていたお前が、今やミスリル一等勲章をもらうほどの英雄になろうとはな……どうやら見誤ったようだ」

「気にすることはない。そうなるように仕向けたのは俺だしな。父や母ですら、その策略に気付かなかったんだ。他人のあんたがそれに気付けないのは道理だと思うが？」

俺の言葉に一瞬ポケっとした顔を浮かべると、その言葉を理解したバイレウス辺境伯が高笑いをしながら俺の言葉に同意する。

「それはそうだが、俺があの時お前の策略を見破っていればと思うと、悔しさがあふれてくるのだ。我が娘ですら、お前の正体に気付いていていたというのに」

「娘？　ああ、確かあんたと一緒にマルベルトにやってきた女の子か、確か名はローレンと言ったな。なんのことはない。あの子には少しこちらの事情を話して協力してもらったからな。俺の本質に早い段階で気付いていていただけだ」

「そんなことがあったとは……つくづくもって自分の観察力のなさに嫌気が差す」

　かつてバイレウス辺境伯が、視察のため一度マルベルト領を訪れた時があった。その時辺境伯と共に、一緒にやってきていたのがバイレウス家の長女ローレンだった。とあることがきっかけで、こちらに協力してもらうことになったのだが、あれ以来会っていない。元気にしているだろうか。

　そんなことを考えていると、バイレウス辺境伯が俺の父ランドールについて語りはじめた。

「それにしても、今のお前をランドールが知ったらさぞや驚くだろうな」

「父にはこのことを？」

「いや、どうせ言ったところで信じまい。実際この目で見た俺ですら今も信じられんというのに、見ていないランドールであればなおのこと信じないだろう」

　まあ、たとえ父が俺を連れ戻そうと画策したとしても、もはやマルベルト家を追い出されたことは近隣の貴族たちには風の噂で広まっているだろうし、ドラ息子だった俺を功績を挙げたからという理由で連れ戻すとなれば、他の貴族たちにあらぬ噂を立てられてしまう。

　貴族が一度取り決めたことを反故にするというのは、それこそ信用問題に関わることだ。それに加え、貴族としての矜持にも傷が付く行為であるため、俺がここまで出世したとしてもそう簡単に連れ戻すことはできないのである。

「ロランよ。これからお前はどうするのだ？」

「どうとは？」

「貴族のしがらみから逃れ、この国の英雄としての地位も手に入れた。そんなお前が次はなにを望むのかと思ってな」

バイレウス辺境伯に問われて、今一度考えてみる。確かに、マルベルト家の跡取りとしての役目を弟に押し付けることに成功し、自身は追放処分で貴族としての責務から解放され、成り行きとはいえ魔族を撃退できるだけの力と誰もが認める英雄としての地位を手に入れた今、そんな大人物が次なにをするのか、はっきり言ってしまえばわからないのひと言に尽きる。

「そうだな……いろんな国を旅していろんなものを見て回るのも悪くないかもな」

俺の返答に再び大きな高笑いを上げると、もうこれ以上は話すことはないとばかりにトイレの出口に向かって歩いて行く。しかし、なにかを思い出したように「そうだ」とひと言呟くと踵を返して爆弾を投下していきやがった。

「うちのローレンだが、バイレウス家を継いでお前を婿にもらうとか言っていたぞ」

「は？」

「その言葉を聞いた時は娘の正気を疑ったが、今はその言葉がまともだったのだと思える。気を付けろよロラン。うちの女どもは、一度惚れた男を逃すなどということはしない。かくいうこの俺も、妻に猛烈に押し切られてしまって俺を逃がしてくれなかった。だから、これは忠告だが、気を付けることだ。じゃあ、またどこかで会おう」

「……」

おいおいおいおい、おっさん。なんて情報を去り際に落としていくんだ！　この俺を婿にだと⁉ふざけるなよ。そんなものは断固拒否だ。

また新たな波乱の予感に嫌気が差しながらも、今は目の前の問題を解決するべく、俺は国王の待つ執務室へと向かった。

「失礼いたします。ローランド様をお連れしました」

「入れ」

メイドの案内に従って執務室へとやってきた俺は、ソファーにどかどかと座ると開口一番に言い放ってやった。

「それで、用というのはなんだ？」

「貴様、国王様に向かってそのような口の利き方はなんだ‼」

そこにいたのは、謁見の時に国王の側に控えていた宰相と、先ほど模擬戦で俺がワンパンした近衛騎士団長のハンニバルだ。俺の言葉遣いに宰相が怒号を上げる中、ハンニバルはそれがさも当然であるかのように、ただ首を縦に振り頷いている。……ハンニバルよ、そのリアクションは一体なんなんだ？

「先の謁見では、他の貴族や公の場ということを考慮してそちらの作法に合わせただけだ。本来ならば、あのような態度を取ること自体あり得ないということを理解しろ」

「貴様ぁー」

「構わん」

宰相の怒鳴り声が部屋に響き渡る中、重厚感のある落ち着いた声が響き渡る。言わずもがな、国王の声だ。部屋にある唯一の執務机の椅子に腰を下ろしており、その顔には苦笑いを浮かべていた。

「し、しかし陛下。この国を治める国王様に向かってこのような態度。宰相として見過ごすわけには参りません」

「別に師匠ならよいのではないか？　バラセト殿？」

「ハンニバル近衛騎士団長は口出ししないでいただきたい」

「ところで、なぜ俺をここに呼んだんだ？　謁見は終わったんだから帰ってもいいだろ？」

　バラセトと呼ばれた宰相の言葉を完全にスルーし、俺はここに呼ばれた理由を早く説明しろという雰囲気を醸し出しながら国王に問いかける。その間もハンニバルとバラセトとの間で、俺が国王にタメ口を聞いていいかどうかの議論が行われていた。

「うむ、それなのだが。謁見で言っていた恩賞金の大金貨五百枚を渡そうと思ってな。ハンニバル、あれをローランド殿に」

「だから、この俺を打倒した師匠であれば、陛下と対等にするなど極々当たり前で――はっ、承知しました」

　議論に気を取られているかと思ったが、流石に国王の言葉は聞き逃さないようで、すぐさま国王の指示に従い動き出すハンニバル。そして、俺の目の前に大金貨の詰まった袋がどんと置かれた。一応確認した方がいいのかもしれないが、別に大金貨五百枚をもらったところで今の生活レベルを上げたりしないので、確認することなくストレージにぶち込む。

「確かに受け取った。で？　それだけじゃないんだろう？」

「ははは、わかるか？」

「当たり前だ。ただ金を渡したいだけなら、他の部屋で行えば済む話だ。それをわざわざこんなところでやるということは、金を渡す以外になにか別の目的があるという考えに至るのが道理だろう」

「さすが師匠！　そこまで見抜いておられるとは」

「おい、さっきから師匠とか言ってるが、俺はお前の師匠じゃないから俺を師匠と呼ぶな」

「なにを言ったところで無駄です師匠。俺はもうあなたを永遠の師と仰ぐことを心に誓ったのですから‼」

「誓うな！」

まるで、若手芸人のようなコントが繰り広げられる中、そこに宰相が俺の言葉遣いを正そうと参戦してきたことで、さらに事態がカオスな状況に陥ったのは言うまでもない。

とにかく、一度冷静になり改めて国王から話を聞いてみた結果、国王が俺になにを求めているのかということを簡潔に表すと、要は俺と友達になりたいということであった。

「国王というのはな、大抵の人間から敬われ尊敬される人物だ。だが、それと同時に孤独な存在でもある。自分が本当に正しい道を選択しているのか、忌憚のないまっすぐな意見をぶつけてくれる存在……友が欲しいのだ」

「それが俺だと？」

俺の言葉に、ゆっくりとした動作で国王が頷く。確かに国王の言っていることは正しく、為政者という存在は尊敬や場合によっては畏怖されたりもするため、基本的に家族以外の人間で対等に接しようとする存在は皆無だろう。小さい頃から友役として有力貴族の子どもが取り巻きになることがあり、かくいう宰相のバラセトがそれにあたる。

だが、それでも上下関係がはっきりとしているため、結局のところ自分の意見に異を唱えることはなく、ほとんどイエスマンに成り下がっているのが現状だ。

周囲の人間が自分を肯定してくれるのはいいことのように思えるが、自分が間違った道に進んでいた場合それを正してくれる存在がいないというのは存外に困るのだ。

「まあ、友になることに異存はないが、ちゃんと馬鹿な貴族が俺に絡んでこないように対処できるんだろうな？」

「もちろんだ！　だから、俺と友達になって欲しい‼」

「こ、国王陛下⁉な、なにもそこまでしなくとも‼」

ただ友達が欲しいという理由だけで、国を治める国王が頭を下げることに驚愕するイエスマンのバラセトに対し、なにが奴をそこまでそうさせるのか「さすが師匠です」と再び首を縦に振り、うんうんと頷くハンニバルのコントラストがなんとも異様な光景を生み出していた。

「まあ、こちらとしては問題ない。お前の友になってやろうじゃないか」

「本当か⁉感謝する」

「で、さっそくだが、小言というか確認してほしいことがあるんだが……」

俺は気になっていた案件を国王に伝え、他愛のない雑談を二言三言ほどし、執務室をあとにした。執務室での出来事にタイトルを付けるなら、これしかないだろう。【国王と友達になってみた】である。


～～～


国王との謁見の翌日、俺は再び冒険者ギルドへと赴いていた。目的は、冒険者として王都の依頼を受けるというものだったのだが、なぜか眼鏡巨乳受付嬢のメリアンに呼び止められてしまった。

「ローランド君ですよね？　あのオラルガンドの英雄の」

「英雄がどうかは知らんが、俺がガンダm……いや、ローランドだ」

前世のヲタクな友人が言っていたので、ナチュラルに使おうとした一ネタを披露しようとして、ここが異世界であることに途中で気付いたため、中途半端なものになってしまった。ちくせう。

メリアンが呼び止めた理由としては単純なもので、オラルガンドの英雄となった俺とギルドマスターが顔合わせをしておきたいというしごく真っ当なものであった。

こちらとしても、王都のギルドマスターを知っておくことはいい意味でも悪い意味でもプラスに働くと感じたので、一度会ってみることにしたのだ。

（これでとんでもない奴だったら、できるだけ近づかないようにすればいいだけだしな）

転換魔法での瞬間移動をものにしてしまった今であれば、オラルガンドと王都を行き来するのも一瞬であるし、最悪の場合〝お友達〟である国王になんとかさせればいい。

そんなことを考えながらギルドマスターのいる部屋に入ると、そこに待っていたのは意外な風貌の人物であった。

「あら～、あなたが魔族を撃退したっていう英雄さんのローランドくんね～。はじめまして～、わたしはこのギルドの～、ギルドマスターをやっているラミールよ～。よろしくね～、小さな英雄さん」

ここで一つ疑問を投げかけてみよう。……どっちだと思う？ 今の相手の言動から考えられる可能性はおそらく二つに絞られていると思う。つまりどういうことかというと、のほほんとした雰囲気のお姉様かお姉様口調でしゃべっているオネェ様かのどっちかだ。

まあ、こんな下らないことで貴重な時間を割くのもどうかと思うので、もう答えを言ってしまうが、答えは前者ののほほん口調のお姉様だ。……オネェ様の方じゃなくて残念だったな？

見た目は長い白銀の髪に濃い褐色の肌をしており、その種族的な特徴として目立つ尖がった長耳がぴくぴくと動いている。体つきも種族としての特徴なのか、とてつもなく均整の取れた体で、特に割れた腹筋と肉感的な胸部装甲はまさに魔性という言葉が相応しいほどに蠱惑(こわく)的だ。

もうお分かりいただけると思うが、彼女の種族はダークエルフであり、ファンタジーには欠かせない種族の一つであるエルフ族に属している。一般的に白い肌のエルフは森と共に共存していて、身軽で弓と魔法に長けた見目の麗しい種族というイメージがある。逆にダークエルフは、荒野や森に隣接する渓谷などといった場所に住処を構えるイメージが強く、エルフと同じで見目はいいが、好戦的で夜の営みの方もめっぽう強いというイメージが俺の中である。

というのも、エルフ好きの前世の友人が「エルフはやっぱり色白ちっぱいが最強でござるな。でも、褐色爆乳のダークエルフも捨てがたいでござる」と俺の前で熱く語っていたのを思い出し、実際にその実物に会ってみると友人の言っていたことがなんとなくわからないでもない。

とりあえず、自己紹介されたのでこちらもいつもの簡単な挨拶を済ませ、さっそく話しを進めることにしたのだが……。

「ローランドくんは～、恋人とかいるのかしら～？」

「……そんなものはいないが」

「なら～、お姉さんとちょっといいことしない？」

そう言って、表面積の少ない辛うじて局部が隠れている自分の服を捲(めく)り、肉感的な肌を俺に見せつけてくる。凶悪的な二つの胸部装甲が、たぷんたぷんという効果音を立てながら揺れ暴れているが、残念ながらこのいまだ目覚めていない十二歳の体にはまったく効果がなく、ただスライムが野原を跳ね回っている時ようにしか見えない。

「んもう～、ローランドくんはいけずなんだから～。そんなんじゃ女の子にモテないわよ～」

「別にモテる必要ない。話がないなら、今日はこれで帰らせてもらうがいいか？」

「ちょ、ちょっと待って～。話はある、あるわよ～」

「じゃあ早く話してくれ」

俺のおざなりな態度に、ハムスターのように頬を膨らませながら不満気な態度を現すララミール。

その姿だけならば、小動物のようで可愛いとは思うが、異性としての魅力を感じるほどではないというのが俺の個人的な感想だ。

「冒険者ギルドは～、今あなたをSランク冒険者に昇格させようという動きになっているわ～。人類にとって脅威となる魔族の侵攻を一人で止めたんですもの～、それは間違いなく歴史的な快挙といってもいいわ～」

「Sランクか、まあ悪くないな」

今のAランクでも横柄な態度を取る権力者の牽制にはなるが、それでも上級貴族の中には怯まずに愚行を仕出かす輩はいるものだ。そんな相手にSランクの冒険者という肩書は、無茶な要求をしてこなくさせるための清涼剤くらいの役目をはたしてくれるのではないかという期待があると俺は考えている。

「でも、わたしだけの一存では決められないから～、近々冒険者ギルドのギルドマスターたちが集まってそのことについて会議が開かれると思うわ～。そこで承認されたら晴れてSランク冒険者になれるわよ～」

「そうか、まあ精々期待せずに待っておくとしよう」

それから再び彼女の魅惑のお誘い（？）が繰り広げられようとしたので、そのまま無視して執務室を後にした。執務室のドアを閉めたあとで「次あったときは絞りつくしてやるんだから～」という物騒な言葉が聞こえたが、聞かなかったことにして俺は次に商業ギルドへと向かうことにしたのであった。

「ローランド様ですね。本日、ギルドマスターがローランド様と顔合わせをしたいということなのですが、お時間をいただけないでしょうか？」

商業ギルドにやってきて開口一番受付嬢に言われた言葉である。どうやら、商業ギルドのギルマスも俺に興味があるらしい。特に断る理由もないので、そのままギルドマスターに会うことにしたのだが、今回もまた意外な人物がギルドマスターであった。

「はじめまして、私が王都の商業ギルドのギルドマスターをやっております。リリエールと申します。以後お見知りおきくださいませ」

「……」

その見た目は、長髪の金髪に翡翠色の目を持った物語の描写通りの人物がそこにいた。白乳色の肌に、スレンダーな体形には慎ましやかな胸部装甲が装着されており、ララミールの重圧な胸部装甲を見た後では少し物足りないという感情を抱きつつも、彼女の種族としては〝だがそれがいい〟と思わせる言葉では表現できない魅力があふれていた。

種族として当たり前だが、見目は当然のように麗しくまるで絵本の世界から飛び出てきたかのような存在感を放っており、少し近寄りがたい、触れてしまえば簡単に壊れてしまいそうな儚げな雰囲気も持ち合わせていた。

もうここまで言ってしまえば分かると思うが、どうやら商業ギルドのギルドマスターはエルフらしく、こちらも尖った長耳を持っているが、ララミールと違ってぴくぴくとは動いていなかった。

「あのー、なにか？」

「いや、さっき冒険者ギルドでダークエルフに会ったものでな。まさか次に会うことになったのがエルフとは思わなくて」

「姉上にお会いになったのですか？」

「姉？　あんたはエルフじゃないのか？」

俺の疑問を受けて彼女が説明してくれた内容によると、元々エルフとダークエルフは同じ故郷に住んでおり、当然のように共存していた。だが、ある時期を境に別々にエルフとダークエルフとで居住を分けるようになり、最終的にはダークエルフが別の場所へ移り住んで行ったことで、エルフとダークエルフは別々の種族として認識されるようになったという過去があったそうだ。

「だが、それとあんたたちが姉妹であることの説明がついてないと思うが？」

「ですから、その共に暮らしていた時の名残が私たちエルフとダークエルフの血に残っていて、たまに私たちのような片方がエルフで、もう片方がダークエルフの双子が生まれたりするのですよ」

「なるほど、そういうことか」

リリエールの言葉を受けて、ようやく俺は納得する。だが、それにしたってこれほど胸部装甲に差が出てしまうものなのだろうか？　うーん、これもファンタジーで片付けられる案件なのか？

「ローランド様？　どこを見ているのでしょうか？」

「別にどこも見ていないが？」

「いいえ、今完全に私の胸をご覧になっておいで`でしたね？　大方、姉上の方が大きいんだなとか思っていらしたのでしょう!?」

俺がどこを見ていたのか敏感に察知したリリエールが、声を上げながら問い詰めてくる。特にやましいことはないため、素直に白状すると「やっぱり、殿方は大きい方がいいのですか？」と項垂(うなだ)れながら聞いてきたのでそうでもないと一応フォローはしておいた。

そもそも、エルフとダークエルフでは種族が違うのだから胸部装甲の大きさに差が出るのは当然なのではないかという疑問をぶつけてみると、どうやらそのようなことはないらしい。

統計的に見れば、確かにエルフよりダークエルフの方が胸部装甲の大きな女性が生まれる率が高いが、エルフにも胸部装甲の大きな女性は一定数存在しており、言わばエルフにとって胸部装甲がない

のは〝選ばれなかった存在〟として認識しているとのことだ。

「ですが、なぜか同族のエルフの殿方や他の種族の殿方からは小さな方がいいと言われるのです。私たちは大きな胸を欲していると言うのに……」

「そ、そうか。それは、なんと言ったらいいか……」

まさか、俺が彼女の胸を凝視し続けたことで、こんな話になるとは思わず、滅多に入れないフォローを入れる羽目になってしまった。

それから、落ち込んだ彼女を慰めるという行動に徹し、リリエールとの顔合わせはそれで終了した。落ち込ませた詫びとして、ブレスレットやシュシュなどグレッグ商会で扱っている商品をプレゼントすると、少し元気が戻ったらしく別れ際には美しい笑顔を見せてくれた。

なにはともあれ、王都にある冒険者ギルドと商業ギルドのギルドマスターは少々というか、かなり個性的な人物であるということは把握できた。それが今日の収穫であったと切り替えることにして、その日は宿に戻って精神的に疲れた疲労を回復させることに勤めたのであった。


～～～


冒険者ギルドと商業ギルドの双子のギルドマスターに出会った翌日、泊っていた宿に王宮からの使いの者がやってきた。そういえば、商業ギルドに向かった目的は王都で取り扱っている商品の目録を閲覧するためだったのだが、その前にギルドマスターに会うことになり、尚且つ精神的に疲れてしまったため、結局のところ目録の閲覧はできず仕舞いになってしまったことをここで白状しておく。

訪れた使いの者の話を聞いたところ、今回の一件で渡す予定の報酬の一つである屋敷が決まったということなので、さっそく案内してもらうことにした。

「こちらになります」

「ここか……それにしても、めちゃくちゃ広くないか？」

案内されたのは、広大な敷地面積を誇る一等地だった。その広さは、オラルガンドで購入した現グレッグ商会の建物がある敷地の二倍以上はある。さらに加えて、その土地の場所は謁見の時に希望した庶民の生活圏にほど近いところに位置しており、俺の希望にも沿っている。

「王家が保有する土地の中でも、ここは小さい部類に入る場所にございますよ？」

「マジか、流石は一国の王といったところか……」

自分のお膝元である都市とはいえ、希望して二日程度でこれだけの土地と屋敷を用意できるあたり、だてに国王やってないなと謎の上から目線で感心する。ひとまず屋敷に案内してもらうことにし、屋敷に向かうと玄関の外に整列するように使用人の服に身を包んだ複数人が出迎えてくれた。

「ようこそおいでくださいました。私はこの屋敷で執事をさせていただくことになりましたソバスと申します」

「そうか、俺はローランドだ。冒険者をやっている。それにしてもソバスか、惜しいな……」

使用人を代表して、ソバスと名乗る執事が自己紹介をする。それに応えるように俺も自己紹介をしたが、ソバスに聞こえないようにぼそりと彼の名前の感想を呟いた。

ソバスは五十代くらいの白髪短髪の老人だが、たたずまいからなにかの武芸の経験者のような雰囲気を持っていることから、元冒険者か国に仕えていた騎士あたりだと予想を立てる。他の使用人についても、名前などおいおい覚えていくとしてソバスに屋敷の案内を頼むことにした。

「ローランド様、こちら大図書館並びに王城の書物庫の入館に関する許可証となっております。お納めください」

「確かに受け取った。案内ご苦労」

ソバスに屋敷案内を頼む前に、使いの者から大図書館と書物庫の入館許可証を受け取ると、自分の役目を終えた使いの者はそのまま王宮へと戻って行った。

ちなみにこの土地と屋敷の所有権は王家が持っており、俺に一時的に貸しているという状況らしく、権利書関連はすべて王家が所持管理しているらしい。もっとも、家賃や土地代はすべてタダなので、こちらとしては権利書がなくてもなんら問題はない。出ていけと言われれば素直に出ていくつもりだ。

使いの者を見送った俺は、ソバスの案内で屋敷の内装を見て回った。それは貴族でない人間が住むには豪華すぎるといっても過言でないもので、ソバスの話では元は伯爵家が所有していたものらしい。……どおりで豪華なわけだ。

下手をすれば、俺が元居たマルベルト家の屋敷よりもデカい気がする。貴族ではないのに貴族並みの屋敷を手に入れたことに複雑な心境を描きながらも、一通り案内が終わるといい感じに昼時となったので、料理人に昼食を作ってもらうことになった。

「ああ、そうだ。宿のキャンセルをしておかなきゃな」

「ローランド様、それはこちらでやっておきますので、ローランド様は自分のご用事を優先してくださいませ」

「そうか、なら頼もう。それと、ソバスたちの給金は王家から支払われているのか？」

俺は彼ら使用人の給金の出所が気になったので、ソバスに聞くことにした。すると、予想通り使用人の給金は王家から支払われており、しかも最低でも十年労働という条件付きの雇用らしく、給金もソバスに一括で支払う形で管理されているとのことであった。

「ソバス、あとでその給金を全額俺に渡せ。お前らは、俺が直接雇うことにする」

「で、ですが……」

「お前らは俺の使用人だ。であれば、俺が給金を払うのは当たり前のことだ。それとも、お前たちの忠義は俺でなく王家にあるとでも言いたいのか？」

「そ、そのようなことは決してありません！」

「なら、昼食後にその金を俺に渡すように」

そこまで言われては使用人であるソバスとしてもなにも言い返すことができず、渋々ながら了承してくれた。好意的とはいえ、できるだけ王家に借りは作るべきではないからな。どんな無理難題を吹っ掛けてくるかわかったもんじゃない。

それから、一人で食べるには大きすぎる食堂で料理人の料理を食べることになったのだが、そこで少しばかり問題が発生した。出された料理が俺の舌に合わなかったのだ。

「……ソバス」

「はい」

「料理人を呼べ」

「……畏まりました」

俺の言葉に、すぐにソバスが料理人を連れてくる。やってきたのは、三十代くらいの口髭を蓄えた中年男性で、ちょうどグレッグと同世代くらいの男だった。どうして自分が連れてこられたのか、その理由がわからないといった具合に恐れ慄いている。

「これを作ったのはお前か？」

「は、はい。そうでございます」

「そうか、名前は？」

「ルッツォと申します」

とりあえず、名前がわからなかったので彼の名前を聞き出し、さっそく本題に入ることにする。結論としては、口に合わなかったというのは決してまずいというわけではなく、なにかが足りないといった理由からくるものだ。つまり、この料理には足りない物があり、それをルッツォが理解していない可能性があるということだ。

料理の盛り付け方や調理方法を見るに、ルッツォ自体の料理人としての力量が悪いわけではなく、この世界の料理の技術が低すぎるため、前世の料理の味を知っている俺からすれば物足りないと感じてしまうのだろうと考えている。要は俺の舌が肥えすぎているのだ。

しかしながら、それでも毎日彼の料理を食べるのであれば、俺以上か少なくとも同等の物が作れるようになってくれなければ、俺としても息の詰まる食事になってしまいかねない。であるからして、彼に俺が持っている料理の知識を授けることにしたのである。

「ルッツォ。この料理を自己採点するなら十点満点で何点だと思っている？」

「申し訳ございませんが、決して満点だとは言えません。私も日々努力しているのですが、なにが足りていないのか日々模索しておりまして……」

そう言いながら、本当に申し訳なさそうにルッツォが頭を下げる。なるほど、そりゃなにが足りないのかわからずに手探りで答えを導き出せと言われても、なかなか上手くいくものではない。前世では、その答えを知っている者が大勢いたり、知識がそこら中にあふれていたりしたが、この世界でその答えを知っている人間の数は少なく、しかもそれをおいそれと他人に教えるようなことはしないのだろう。

「その答えを知りたいか？」

「……ローランド様にはお分かりなのですか？」

「厨房に案内しろ。お前に満点の料理を教えてやる」

俺の言葉に半信半疑の表情を浮かべるも、日々自分が疑問に思っていたことが解決するのであればと、ルッツォは不審に思いながらも俺を厨房へと誘った。

「ルッツォ、料理の調理法がいくつあるか知っているか？」

屋敷の厨房へとやってきた俺は、料理人のルッツォに開口一番そう問いかけた。ちなみに、俺がもらった屋敷で雇われている料理人はルッツォ一人なため、厨房の広さに対してかなりのスペースがある。

「二つでしょうか？」

「まあ、そう答えるだろうな。いや、別にこれはルッツォが悪いわけではないから問題ないぞ」

「はあ」

一体なにを言っているのだろうという顔を浮かべながら、ルッツォが生返事をする。この世界の料理の技術が、前世の地球で言うところの中世ヨーロッパ程度かそれ以下の場合、主な調理法として広まっていたのはおそらく【焼き】と【煮る】の二つのみだ。

火で炙(あぶ)って焼くというのと煮え立ったお湯などで煮込むという二つだけで、他の二つに関してはあまり知れ渡ってはいないと予想を立てた。それが証拠に、今まで食べ物を提供する食事処や屋台を見ているが、大抵が先の二つの調理法を使ったものばかりだったのだ。

とまあ、以上の点から見てもやはりというべきか、この世界の料理の技術はそれほど高くなく、料理人といっても前世の地球のレベルで言えば、見習いとして料理を覚えはじめた程度の技術しか持ち合わせていないのが一般的なのではないかと推察したのである。

「とりあえず、さっき出した料理をどう作ったのか俺に見せてくれ」

「畏まりました」

ルッツォの腕前……というよりも、この世界の料理人の腕を確かめるべく、一度俺に出したものと同じ料理を作ってもらうことにした。俺に見られているということで、少し緊張した手つきで調理を開始したが、さすがの料理人だけあって料理が完成する終盤では料理に集中していた。

「これで完成です」

「うん、わかった。じゃあ、次は俺が調理するから、自分とどこが違うのか見ていてくれ」

「はい」

まずは、調理する食材からだ。ルッツォはなにも考えずに食糧庫にあったものをそのまま使用していたが、まず調理する食材に泥や虫などが付いている可能性を鑑みて、野菜を水で適度に洗い流す。

そして、泥や虫が付いていないことを確認すると、鍋に水を入れそれを火にかける。沸騰(ふっとう)するまで食材の下処理を行い、食べやすい大きさに切っていく。沸騰(ふっとう)したら少し火を弱めて火が通りにくいものから順番に処理をした食材を入れじっくりと煮込んでいく。

途中灰汁などが出てくるのをこまめに掬い取り、弱火でさらに煮込んでいく。火が通ったら塩と胡椒で味を整え、そのままひと煮立ちさせれば完成である。

「これで完成だ。試してみろ」

「……っ⁉お、おいしいです。私の作ったものとは、比べ物になりません」

味見用の小皿に出来上がった野菜スープを入れてルッツォに味見させると、目を見開き素直な感想を口にする。自分が作った料理との差に驚くと同時に、自らの未熟さを痛感したのか、悔しそうな表情を浮かべる。

「お前はただ知らなかっただけだ。これからは俺のもとで料理を学び、少なくとも俺と同じくらいの料理人になってもらう」

「私がローランド様と同じくらいになれますかね？」

「なれるさ。だって、俺は料理自体できるが、料理人じゃないからな」

「え……」

俺の何気なくはなったひと言は、ルッツォをさらに驚愕させたようだ。これだけの料理を作っておきながら、料理人ではないと主張する俺よりも劣っている自分は一体なんなんだと考えているのだろう。顔を俯かせたまま、暗い表情を浮かべている。

「とにかく、さっきの料理のやり方はもう覚えたな。ひとまずもう昼時だから、他の使用人の料理は俺が作るから、お前はさっきの野菜スープを同じように作ってみろ」

「ローランド様！　そ、それはいくらなんでも……」

「いいか、俺は貴族じゃないから面子だのなんだのは気にしなくていい。それに、今のお前じゃ俺を満足させることができる料理は作れないと思うぞ？」

「そ、それは……」

「まあ、それはおいおい教えていくから今日はその野菜スープを作ってくれ。それと、これは今後の練習用に必要な食材の代金だ。受け取っておけ」

俺はそう言うと、ストレージから大銀貨十枚ほどが入った皮袋をルッツォに渡した。中身を見たルッツォが慌てて返そうとするが、俺は頑なに受け取りを拒否し、結局それを見ていたソバスが代金を預かるという形で決着がついた。

「ソバス、俺はこれから使用人たちの料理を作るから、お前はこの屋敷にいる全使用人を食堂に集めておいてくれ。もちろん、椅子に座って待つように」

「ローランド様、それは……いえ、畏まりました」

俺の指示に反論しようとしたソバスだったが、俺の意志が変わらないことを悟ったのか、素直に指示に従い厨房を出ていった。

それから、現在雇っている使用人計十一人の昼食を作るべく、俺は調理をはじめた。ちなみに使用人の振り分けは、ソバス、ルッツォの二人に三十代後半のミーアという名のメイド長と、その下に正規のメイドが五人、そしてメイド見習いが二人に庭師が一人で合計十一人である。

十一人分の料理といっても、それほど凝った料理を出すわけではないため、それほど手間ではない。本来であれば、前世の地球の料理を出すことはリスクを伴う可能性があるので、俺一人で行動している時であれば料理を作るのに問題があったが、ここの使用人たちとはそれなりの付き合いになりそうだと感じたため、俺の料理を食わせることにしたのである。

まあ、食わせると言ってもそれほど料理の腕に自信があるわけではないのだが、この世界での経験と前世の頃によく自炊していた経験を合わせれば、人様に出しても問題ないくらいのものは作れるだろう。

そこから手早く俺を含めた十二人前の料理を作り、途中でルッツォにアドバイスしながら料理を完成させた。ちなみに料理の献立は、特製ドレッシング野菜サラダに自家製の白いパン、サッピーの焼き鳥タルタルソース添えとルッツォが作った野菜スープの四品である。

完成した料理を食堂に運び込むと、無駄に長い食堂のテーブルに座っていたメイドたちが一斉に立ち上がろうとしたので、全員着席するよう促す。ソバスとメイド長が真っ先に手伝おうとしたが、有無を言わせず拒否をしルッツォと二人で料理を配膳していく。

「……」

自分の主人が自ら配膳してくれているということの後ろめたさと、手伝いたいというなんとも言えない感情が食堂を包み込む中、すべての料理の配膳が完了する。

「では、諸君。今日は俺と諸君らとのはじめての顔合わせということで、つたないながらも俺が料理を作った。お近づきの印として受け取ってほしい。あと、パンはおかわりしてもいいが、他の料理のおかわりはないのでそのつもりで。では、食べてくれ」

言いたいことだけ言うと、俺はそのまま自分が作った料理を食べはじめる。主人と食事を共にするという通常ではあり得ない事態に、どう対処していいのかわからないメイドたちを見かねたソバスとメイド長のミーアが、率先して料理を食べはじめる。

「んっ、おいしい」

「こ、これは……とてもおいしいです」

それを見た他の使用人たちも、出された食事に手を付けはじめる。最初は戸惑っていた使用人たちだったが、漂ってくる料理のいい香りに根負けし、全員が食べはじめたのだ。

しかし、食べはじめた途端出された料理のあまりのおいしさに手が止まらなくなり、気付けばほぼ全員が料理を完食してしまっていた。

「うん？ あれ？ もう、食べてしまったのか？」

「ローランド様、申し訳ございません。あまりのおいしさに、手が止まらなくなりまして……」

「私もです。メイド長の大役を預かる身としてまだまだでございます」

「構わないさ。ところで、パンのおかわりが欲しい人はいないか？」

俺の問いに、全員が頷いたのは言うまでもない。それから、あらかじめ作っておいたいちごジャムをパンに塗って渡してやると、ものすごい勢いで食べはじめた。特に女性陣の食い付きが凄まじく、やはり甘いものに目がないのだなと改めて痛感させられる。

親睦を込めた昼食は見事に成功したが、このあと食べすぎで動けない使用人が続出してしまい、しばらく家の仕事がストップしてしまった。次から甘い食べ物を出す時は注意しておこう。

「ふう、とりあえず確認は完了したな……。二人か、意外に少なかったな」

使用人たちとの食事を済ませた俺は、貴族が書類整理などの事務作業で使用する執務室の椅子に座ってぽつりと呟いた。今回使用人たちに料理を出したのは、親睦の意味も含めての行動だったのだが、もう一つ目的があった。

それは、王宮からの暗部――いわゆるスパイがどれだけ潜り込んでいるのかの確認を取りたかったというものだ。今回王都で生活するための拠点として、この屋敷と使用人を手配してもらったわけだが、その手続きに俺は一切関わっていない。つまり、この使用人の中にこちらの詳細を探る暗部やスパイが潜んでいる可能性もあるということなのだ。

そう考え、最初に顔合わせした時と先ほどの食事の時に確認した結果、使用人十一人に対しそれらしい肩書と能力を持っていた人物が二人ほどいたのである。

それを説明する前に使用人の詳細について話しておこうと思うが、先ほども言った通り使用人は十一人おり、執事のソバスとメイド長のミーア、それに料理人のルッツォあたりは名前が出ていたはずだから詳細を話すなら残りの八人についてだ。

まずは、ミーアの下にいる正規メイドたち五人についてだ。正規メイドの名前はそれぞれステラ・モリス・ミレーヌ・タリア・リリアナの五人で、当然だが全員女性だ。さらにその下に年若いメイド見習いのマーニャとニッチェがおり、メイド長を合わせて八人のメイドがいることになる。

国王の配慮なのかどうかはわからないが、メイド長のミーアも実年齢よりも若く見え、他の使用人たちも十代二十代と若いメイドが多い。そういった意図があるのか、それとも俺自身がまだ成人していない子どもということでそういった人選になったのかは俺のあずかり知らぬところなので、実際のところは国王を問い質してみないとわからないというのが実情だ。

残りの一人は、この無駄に広い敷地の整備を任されている庭師のドドリスという四十代の中年男性で、庭師というよりも鍛冶職人が似合うのではないかという浅黒い肌と鍛え抜かれた肉体が特徴的な男だ。

これでうちの使用人の詳細を説明したのだが、ここからは本題である。一体誰がスパイなんだと言われれば、正規メイドのステラと意外にもメイド見習いのマーニャである。

この二人だけ【隠密】や【索敵】といったスキルレベルが高く、言い逃れできないのが【暗殺術】を所持していたということだ。しかも、結構レベルが高いという知りたくなかった事実と共にな。

他の使用人については、こういった場合執事のソバスかメイド長のミーアがスパイというのがテンプレだったりするのだが、戦闘スキルは持ち合わせているものの、いざというときの護身術程度のレベルしか持っていなかったため二人は白だ。

庭師のドドリスについては、詳細を見てみると元傭兵ということらしく、戦闘スキルは高いがスパイに必要な索敵や暗殺系統のスキルがなかったので、純粋な戦闘要員といったところだろう。

あとこれは完全に余談な話になってしまうが、正規メイドのミレーヌとリリアナが所持していたスキルの中に【痴女】と【奉仕】というスキルがあったのだが、痴女が一体どんな奉仕をしてくれるのだろうか？　それについては藪蛇になりかねないので、直接聞くことはしないでおこう。まったく、国王め……あんたも好きねっ‼

「まあ、仮にスパイがいたとしてもなんら問題はないけどな」

実を言えば、スパイについては特に問題視はしていない。一国を背負う王として、魔族を撃退できるほどの実力を持った人間を野放しにできないというのは理解できるし、なによりも為政者として監視は必要なことだと考えている。

むしろ、これでスパイの一人も送り込んでいないのであれば、それはそれで平和ボケしているとしか言えない状況になってしまうため、逆に安心しているほどである。

それに彼女たちスパイの実力も諜報活動に特化しているようで、パラメータもA+判定が精々と俺には遠く及ばない。仮に寝込みを襲われたとしても、わざわざ起きなくても眠りながら対処できてしまうほどに、彼女たちと俺との実力は開いているため、脅威となり得ないのだ。

「でも、一応気付いたことは言っておいた方がいいかもな」

おそらくスパイを送り込んだ理由の一つとして、俺がスパイに気付くかどうかということも試されているのではないかと考えたからだ。魔族を撃退できる実力はあっても、相手の素性や能力を把握する力はまた別物であり、常時ならどちらかといえばそちらの能力が高い方が警戒されたりする場合もある。

それに、相手がこちらの索敵やその類の能力の高さを試しているのなら、それに乗ってやるのもまた一興ではないだろうか？

そんなことを考えていると、執務室の扉がノックされる。俺が入室を促すと、入ってきたのは執事のソバスだった。実は、昼食の食べ過ぎで動けなくなった使用人たちを介抱していたため、この場にはいなかったのである。

「ローランド様、こちらが私たちの十年分の給金でございます。お受け取りください」

「む」

ああ、そういえばそんなことを話していたな。スパイの確認とルッツォに料理を教えることに頭が取られて、そのことが抜けていたようだ。だが、そのことを表に出さないようにあくまでも「覚えてましたよ」という体を装って、給金の入った袋を受け取る。

「ソバス、俺はこれから少し出てくる。留守を頼んだ」

「畏まりました。いってらっしゃいませ」

ソバスにそう告げると、俺は屋敷から王城手前の路地に瞬間移動をした。ちなみに、ソバスにわからないよう屋敷から一度出てから使用することで、見つからないよう考慮はしてある。俺が現れたことを王城の門番が視認すると、緊迫した雰囲気になったのを感じた。そりゃ魔族と互角に戦える存在がいきなり現れたら、警戒くらいはするだろう。

「なにか御用でしょうか？」

「国王に会いに来た」

「失礼ですが、事前にお約束されているでしょうか？」

「いいや、そんな約束はしていないが、すぐに済む用事だから問題ないだろう。通るぞ」

「お、お待ちを！　確認が取れるまで、少々待っていただきたい‼」

いきなりなんの事前連絡もなしにやってきたこちらに非があるため、しばらく待ってやることにする。二十分後、ようやく確認が取れたということで俺は王城に入ることが許された。

そこから一直線に国王のいる執務室に直行し、部屋に入るなり開口一番こう言い放ってやった。

「よう、忙しそうだな」

「お前が来たことで、もっと忙しくなったがな」

俺の皮肉に苦笑いを浮かべながら、意趣返しとばかりにそう切り返す国王ににやりと笑い返すと、俺はさっそく本題に入った。

「さっそくだが本題だ。これはあんたがソバスに渡した屋敷で雇った使用人たちの十年分の給金だ」

「それをなぜ俺のところに持ってくるんだ？」

「あの屋敷は、一時的とはいえ俺が住むことになる場所だ。だったら、その管理を任せる使用人たちは俺自身が雇うのが筋だと思わないか？」

「なるほど、今雇っている使用人では不服ということか」

「いいや、使用人は今のままでいい。あいつらの給金を払うのは俺がやる。今日はそれを言いに来た」

俺の申し出に眉尻を上げながら顎を撫でる仕草で答える国王だったが、俺の追加の言葉を聞いて目を細める。

「新しい使用人に変えなくていいのか？」

「そんな必要がどこにある？」

「そうか……。わかった、これは受け取っておこう」

どこか意外そうな雰囲気を出しながらも、俺が付き返した給金を素直に受け取る。だが、ここで勘違いさせないようひと言だけ言っておくことにする。

「そういえば、ねずみが二匹ほど紛れていたが、あれはあんたの差し金か？」

「……やはり、気付いていたか」

「当たり前だ。魔族を撃退できるような存在を野放しにしておく方がどうかしている。友好的に接することができたとはいえ、まだ暫定的なものでしかない。であれば、間諜を通じてこちらの動向を探ろうとするのが普通だ。むしろ、間者を送ってこなかったら、そのことで怒鳴り込まなきゃならないところだったぞ？」

「それは、怖いことだな」

　俺の冗談めかした言葉に、肩を竦めながらおどけてみせる。そこからしばらく当たり障りのない話が続き、気になっていた案件を思い出したので、聞いてみることにした。

「国王、例の件はどうだった？」

「……お前の言う通り、何者かが手を加えた痕跡があった。今は、その犯人を捜している最中だ」

「やはりな。それで、再開の見通しは？」

「できるだけ早くやるつもりだが、後処理のことを考えればもうしばらく時間が掛かる」

「なら、それまでの間だけでもいいから、俺の好きなようにやってみてもいいか？」

　俺は以前国王に指摘した内容の事実確認をしてみたが、予想通り何者かの手が加わっていたようだ。まだ犯人は見つかっておらず、その一件の決着が付くまでは下手に動くことはできないらしい。

　ちょうどいいので、この世界に生まれ変わったことを記念して慈善活動でもやってみようかと決意を新たに、俺は国王の了承を得て動き出すことにした。

　国王との話が終わり、なにか珍しいものはないかということで、俺は市場に出向いていた。時刻はまだ昼を少し過ぎたというところで、市場はいまだに活気にあふれている。特に食べ物を提供する屋台や飲食店などは、昼時ということもあり、賑わいを見せており混み合っている。

（お、あいつまたやってんな）

　そんな光景を見ながら市場を散策していると、見知った気配を感じ取った。その気配の主は、さり気なく俺に近づきすれ違い様に俺の懐に入り込もうとしたが、前回と同じように片腕を抑え込んで空いているもう片方の手で顔の頬をぐにゃりと掴んでやった。

「ふぁ、ふぁにをふふ」

「なに言ってんのかわかんねぇぞ」

たぶん「なにをする」と言いたかったのだろうが、頬を掴まれているためちゃんとした発音ができなかったと推察する。ふがふがと抗議の声を発する相手に対し、俺は素直に手を放してやった。

「よう、また会ったな」

「な、なんだよ！　前にもらった中銀貨なら返さないぞ！」

「なんの話をしてるんだお前は？　それよりも、お前が住んでいる孤児院に案内してくれ」

俺が頬を掴んで拘束した相手は、この王都にやってきた頃に俺から金目の物を掏ろうとしていた少年であった。どうやら、また俺から掏ろうとしたらしい。懲りんやつめ。

俺が孤児院に案内してほしい旨を伝えると、明らかに目を泳がせながらたどたどしい口調で取り繕いはじめる。

「な、なななんのことだよ？　お、俺様は孤児院なんてところに住んでねぇよ‼　路上暮らし——イタッ、な、なにすんだ‼」

「そういうのいいから。早く案内してくれ」

俺は少年のごまかしに耳を貸さず、頭にチョップを落として途中のプロセスをすべて省略し、こちらの要求だけを伝えた。だが、少年も素直に俺の指示に従うわけもなく、反抗的な態度を取り続けている。……殺すか？　いやいや、それじゃあダークヒーローになってしまう。俺は今から慈善活動をはじめる人間なんだ。そんな人間が悪の道に手を染めてはいけないな……うん。

「あ、あのー！」

「だから、俺は孤児院に用が……って、君らは確かあの時の」

そこにいたのは、以前俺が食べ物を与え、掏りの少年と同じく中銀貨一枚を与えた幼い姉弟の二人であった。こちらの様子を窺うような気配には気付いていたが、まさかこの二人だったとは思いもしなかった。

「お兄ちゃん、孤児院に用があるの？」

「ああ、そうだ。場所を知ってるか？」

「うん、あたしが案内してあげる。ついてきて」

「お姉ちゃん、いつもと感じが違う――」

「あ、あんたは黙ってなさい！　はっ、こ、こっちだよ」

などという一幕があったものの、とりあえず彼女たちの案内で孤児院にたどり着くことができた。

ちなみに、最初に案内を頼んだ少年はこの姉弟と顔見知りで、結局のところ少年もまた孤児院にお世話になっているらしい。

姉弟の姉の名はチコという名で、掏りの少年はバドという名だ。孤児院での生活や、普段どんなことをしているのか適当な話をしながら彼女らの話を聞いていると、決して余裕のある暮らしではないことが見えてくる。

さて、そんなこんなで孤児院にたどり着いたが、孤児院で一体なにをするのかといえば……慈善事業である。以前国王に確認した内容を話すと、孤児院に出している支援金が誰かに横領されていないかという話をし、確認を取ってもらったところ、やはりというべきか誰かが本来孤児院に使うはずの資金を横流ししていた形跡が発見されたのだ。

それが原因で孤児院は満足に運営ができず、街のいたるところに孤児があふれる結果となっていたのである。幸い俺が出会った姉弟や少年は孤児院に入っていたが、まだ多くの孤児たちが孤児院の保護を受けられない状況にある。

　前世の俺はごく一般的な家庭で育ち、会社でそれなりの地位の人間にまで上り詰めたが、募金などの慈善事業と呼ばれるものに関しては一切関わってこなかった。他人に興味もなければ、自分のことで精一杯だったということもそうだが、それがどこか当たり前だと感じていた。

　今生は自分に余裕が出てきたら、少なくとも自分の目の届く範囲の人間にはある程度幸せでいてほしいという、欲のようなものが湧いてきてしまっていたのだ。他人のためにどうこうというよりも、自分が気楽に余裕の持った生活を送るため、他の誰にも後ろ指をさされない状況を作り上げたいという考えに至ったのである。

　当然だが、目に入るすべての人間を助けるほど俺は善人でも傲慢でもない。だが、少なくとも未来の可能性を秘めた子どもくらい幸せになっても、罰は当たらないのではと思えてしまうのだ。

　こういったことは、しがらみや自分の足を引っ張る枷（かせ）になりかねないものであるが、それでもその程度の枷で俺の歩みを止められないと思っているし、こんな些細なことも解決できないようなら俺はそこまでの人間であるとも思っているのだ。

　だからこそ、前世でできなかったことでもあり、生活にある程度の余裕が出てきた今生で、やってみたいことである慈善事業をはじめようと考えたのだ。

　正直な感想としては、自己満足だとか偽善だとかそういった自分本位な活動かもしれないが、それで困っている人が一人でもいなくなれば、それで救われる人間がいるのであれば俺はそれでいいと思う。

　孤児院は支援金が途絶えていることもあって、改装に手が回らず建物は荒れていた。今にも崩れてきそうな雰囲気だが、不思議と崩れてはいない。

　内装は、教会のような講堂と主に寝る場所として使っている寮のみで、他には小規模の台所と事務作業を行うための小さな執務室に孤児院を管理する人間の部屋だけであった。

建物以外には少し余裕のある空き地があり、広さとしてはグレッグ商会の土地よりも広く、俺が住む王都の屋敷よりも狭いというそれなりの広さがあった。

「シスター、お客さんを連れてきたよ」

チコの案内に従って孤児院に入ると、五十代の修道女のような格好をした中年の女性が出迎えてくれる。優しい温和な雰囲気を持った女性だ。

「はじめまして、私はこの孤児院を管理しておりますシスター・レリアンヌと申します。あの、うちの子たちがなにかしましたでしょうか？」

俺を見て孤児院に入りたい子どもではないことをすぐに察した彼女が、丁寧な口調で自己紹介をしてくる。であれば、こちらもそれなりに応えねばなるまい。

「お初にお目に掛かる。俺はローランドという冒険者をやっている者だ。ここに来たのは、この孤児院を支援したいと思ってな」

「支援……ですか？」

「そうだ。この孤児院がもらっていたはずの国からの援助金が打ち切られたと聞いてな。微力だが、なにかできないかと思ってここに来たんだが」

「そうだったのですね。ありがとうございます。失礼ですが、いくら冒険者とはいえ孤児院一つをどうにかできるだけのお力は――」

「それについては考えてある。ひとまず、全員を集めてくれ」

レリアンヌにそう指示を出すと、俺はストレージから昼食の準備をしはじめる。半信半疑の彼女だったが、俺の指示には従ってくれるようで、孤児たちに声を掛けてまわりはじめた。そんな中、俺に声を掛けてくる人物がいた。

「あなたは誰？　孤児院に入りたいのかなー？」

「いやっ、俺は……なっ⁉」

　俺は声を掛けてきた人物の姿を見て驚愕した。見た目は二十代の若い女性で、レリアンヌと同じく修道女のような服に身を包んでいたのだが、レリアンヌと絶望的に違っている点が一つあった。それは、彼女の服を押し上げる二つの巨大な胸部装甲であった。

　レリアンヌも年齢の割にはそれなりの大きさを持ち合わせているのだが、彼女のそれは比べ物にならないほど巨大であり、彼女が身に包んでいる修道女風の服を今にも突き破ってきそうなほどであった。

（馬鹿な、Ｇ……いや、Ｈ……もっと上がるだと⁉……胸部装甲レベルＫ……だと。嘘だろ？　今まで出会った宿の女将たちを超えるというのか⁉）

　頭の中で、某漫画に出てくる戦闘力を測る機器のような英数字がピコピコと機械のように動いている描写を想像しながら、目算で彼女の胸部のレベルを測定する。ちなみに、男という生き物には生まれながらにして、女性の胸部装甲の大きさを自動で測定する能力が備わっていることをここに追記しておく。まあ、冗談だが。

　彼女の胸部装甲はそんじょそこらのものとは違い大きいだけでなく、形もしっかりとしている。宿の女将たちのそれも大きく形の整っていたものであったが、彼女のそれはさらに輪をかけて形や輪郭が完璧に整っている。まさに男にとっての理想的な胸部装甲であるといえる。

「どうしたのかな？」

「なんでもない。俺はローランド。冒険者をやっている」

「私はシスター・イーシャ。この孤児院で子どもたちのお世話をしているわ。よろしくね、小さな冒険者さん」

　巨大な胸部装甲を持つイーシャとの自己紹介を終えると、レリアンヌが子どもたちを集め終わっていた。そのタイミングでストレージから料理を取り出し、子どもたち一人一人に配膳していく。レリアンヌもイーシャもその光景に戸惑いながらも、子どもたちが喜んでいる姿に半ばなし崩し的に納得した形となった。

「子どもたちよ。俺はローランドだ。冒険者をやっている。とりあえず、詳しい話は食事のあとということで、遠慮せずに食べてくれ」

　俺の言葉に戸惑いながらも、どうすればいいのかわからない様子の子どもたちに、レリアンヌが「せっかくのご厚意ですからいただきましょう」と鶴の一声を発したのを皮切りに、子どもたちが料理に手を付けはじめる。

「なにこれ、おいしー」

「もぐもぐもぐもぐ……」

「うっめっぞ」

「こんなおいしいのはじめて」

　はじめて食べる味に、子どもたちは無我夢中になって料理を口にし、気付けば全員が完食していた。中には物足りない子どもも見受けられたので、俺が作った自家製のパンを出してやった。

　食事も終わりようやく落ち着いたので、俺はこの場にいる全員にとある提案をするため、説明をはじめることにしたのだった。

「よし、お前ら腹は膨れたな。じゃあ、これから大事な話をするからちゃんと聞くんだぞ」

　食事を終え、皆が落ち着いたタイミングを見計らって俺は話しはじめた。現状国からの援助が滞ってしまっているため、孤児院では建物を修繕する費用や服などの生活必需品、さらには生命線となる食料の調達すら難しい状況へと追い込まれてしまっている。

子どもたちもそうだが、世話をしているレリアンヌやイーシャもどことなく頬がやせ細っており、満足に食べられていないことがよくわかる。そんな痩せた状態でも、イーシャの胸部装甲がとんでもないのだがな……。

どうしてそんな状態になっているのかといえば、理由は簡単で孤児院自体の収入源となるものがまったくないからである。通常特定の施設を運営するためには、国などの然るべき機関が施設を維持運営するための援助金を出し、管理する側がその援助金を使って施設を維持していくか、施設自体で得られる収益によって算出されたお金で施設を運営するかの二つのパターンに分かれる。

今回の場合、前者の国からの支援金で孤児院の運営がなされていたわけだが、何者かの手によってその支援金が着服されていたため、孤児院の運営が立ち行かなくなっている。

であるならば、孤児院自体にある程度の収益を上げるなにかがあれば、国からの援助が一時的に途絶えてたとしても孤児院だけの力で最低限なんとかやっていけるのではと考えたのだ。

「お前たちは俺が与えた料理でお腹が一杯になった状態だが、明日はどうなるかわからない。俺がいつまでも料理を出してくれる保証もなければ、誰かが救いの手を差し伸べてくれるわけでもない。今のお前たちは瀬戸際に立たされている。それはわかっているな？」

俺の投げ掛けに、その場にいた全員が顔を俯かせる。どうやら、子どもながらに今の状況が良くないということは理解しているようだ。そんな雰囲気を払拭するように、俺は不遜（ふそん）な態度で宣言する。

「だが、喜べ！　そんな危機的状況に、救いの手を差し伸べてくれる人間がお前らの目の前にいる。そう、この俺だ‼」

自分で言ってて「なんだこいつは」という感想が頭に浮かぶが、実際にこの状況をなんとかしようとする人間であることに変わりはないため、俺はそのまま話を続ける。

「これから、お前たちにある仕事をいくつか頼みたい。その仕事をするための準備はこれからだが、真面目に働けばちゃんと給金が支払われるようになるだろう」

「そ、それは本当でしょうか？」

俺の言葉に、レリアンヌが問いかける。孤児院の責任者として、藁にも縋る思いなのだろう。それだけ、今の状況が逼迫しているということを意味している。

「ああ、本当だ。だが、さっきも言ったがお前たちにその仕事をしてもらうためには下準備が必要だ。その準備を今から行いたいのだが、構わないだろうか？」

「ど、どういったことをされるのでしょうか？」

レリアンヌの問いに答える代わりに、俺はストレージから三種類の品物を取り出した。

一つは、見た目はなんの変哲もないお茶の葉で、特に変わった点は見受けられないどこにでもありそうな普通のお茶の葉だ。もう一つは、木の棒にぐるぐる巻きにされた糸の束で、これも特に変わった点はない。最後はみずみずしい色合いを放つ複数の新鮮な野菜たちで、これも新鮮ということ以外至って普通である。

「あの、このお茶の葉はなんですか？」

「これは【マジックカモミール】といって、人気の高い品目のお茶の葉であると同時に、薬師の間では薬の材料としても取り扱われている汎用性の高いお茶の葉だ」

「こっちの糸は？」

「これは、オラルガンドのダンジョンに生息する【ヤーンマイト】というモンスターが吐き出す糸を加工したもので、かなり高値で取引される高級糸としても有名だ」

「では、この野菜たちは？」

「これはただの野菜だ。見ての通り鮮度はいいが、どこにでもある普通の野菜だな」

俺が取り出した品物の説明を一つ一つレリアンヌたちに説明していくものの、なぜ俺がそんなものを取り出したのかその意図をはかりかねているようであった。

先ほども言ったが、孤児院の運営を立て直すには国の援助だけでなく、孤児院自体からもなにからの収益がなければ厳しい。そこで俺が目を付けたのは、この三つの品々だった。

まずマジックカモミールについてだが、このお茶の葉は魔力を多分に含んでいる土地によく自生していることが多く、ダンジョン内の森の中や人があまり踏み入れていない未開の土地などで発見されている。

お茶の葉としての効能は、心を落ち着かせる鎮静作用や疲労回復などが主で、これを使って作られる薬の効能もそれに準ずる効果がある。

次にヤーンマイトについては、グレッグ商会で販売しているぬいぐるみの糸にも使用されているため、強度や耐久度などのあらゆる性能において高い水準を叩き出している。

そのため、実際取引される金額もそれなりのもので、グレッグ商会のぬいぐるみもそれが原因で若干お高めの値段に設定しているほどだ。

最後の野菜たちは、特に珍しくもなんともない普通の品だが、よく見かける食材であるため需要は高く値段も安いが、自給自足ができれば自分たちで食べることもできるため、この三品のラインナップの中に入れたのである。

「子どもたちには、このマジックカモミールの栽培・ヤーンマイトから取れる糸の収集・畑で野菜を育てるこの三つの仕事をやってもらいたい」

「えっ⁉ そ、そんな急に言われても」

「それについては問題ない。これらを生産するための費用はこちらが負担するし、子どもたちには最初から作るのではなく、管理と収穫だけをやってもらうだけだからな」

「で、でも……」

俺の言葉に戸惑うレリアンヌだったが、本当にそれが実現すれば孤児院がなんとかなるかもしれないと考えているのか、あまり強く否定はしてこない。とりあえず、善は急げということで孤児院の庭に案内してもらった。

「おし、まずはマジックカモミールから行くか。【アースコントロール】」

庭へとやってきた俺は、さっそく準備に取り掛かることにした。まずは大地魔法で庭の地面を耕し、お茶の葉から錬金術を使って種に変換する。そして、畑の畝のように土を盛り上げた場所に魔石を砕いた粉末を撒きつつ種を植え、水魔法で水をやりながら木魔法を使って一定の大きさにまで成長させた。瞬く間に生え揃ったお茶の葉が、鮮やかな緑色の葉を茂らせる。

次はヤーンマイトだが、転換魔法の中に【ディメンジョンルーム】という魔法があり、この魔法を使えば別の空間に生き物を含めた物体を保存しておくことができるため、すでにヤーンマイトは確保済みだ。

あとは、ヤーンマイトが住んでいたダンジョンの環境に合わせる形で、木魔法を使って木々が多い茂る場所を作ってやり、ディメンジョンルームからヤーンマイトを取り出してその場に放し飼いにするだけである。

最後の野菜は、お茶の葉と同じく畑の畝を作って錬金術で種に変換して木魔法で育てるだけなので、すぐにできあがった。

「よし、いっちょ完了！」

「……」

なにもなかった場所にいきなり畑や木々が出現したことに、レリアンヌやイーシャの大人たちと他の子どもたちも唖然としている。だが、すぐに子どもたちが目の前で起こった光景に騒ぎ出し、それをレリアンヌが静かにしなさいと窘める。俺は全員が落ち着くのを待って、改めて彼女らの意志を聞くことにした。

「全員注目！ いいか、改めて聞くがどうする？ もしやりたくないというのならば無理強いはしない。だが、俺の故郷に〝働かざる者、食うべからず〟という言葉がある。働かない人間に、生きるための行為である食べる資格は与えられないという意味の言葉だ。お前たちは生きている。であるならば、働かなければならない。生きるため、食べるために。さあ、選べ！ 働いて生きるか、なにもせずこのままひもじい思いをするか‼」

そんなもの、答えは最初から決まっている。そう言わんばかりに、その場にいた子どもたち全員が異口同音にこう言い放った。

『働く‼』

食べるためには、働かなければならない。それはこの異世界でも同じ理らしい。そう思わせるほど子どもたちの出した結論は、的を射ていたのであった。

「てことで、レリアンヌ。この子たちの仕事の振り分けを頼む」

「ちょ、ちょっと待ってください！ いきなりそんなことを言われても困ります‼」

子どもたちの意志を確認した俺は、さっそくどの仕事をどの子にさせるべきか考えていた。がしかし、ほとんど初対面といってもいいこの状況下である俺に、どこ子がこの仕事に向いているなどという適材適所な仕事の振り分けをすることなど困難であるため、その役割を孤児院の責任者であるレリアンヌに一任しようとした。

しかしながら、いきなりの出来事に戸惑いを隠せない彼女が俺の指示に素直に従うなどということはなく、改めてレリアンヌとイーシャに説明してやった。

国からの支援金がない今、自分たちにできることは支援金の支給が再開されるのを待つことではなく、自給自足で孤児院をやっていけることではないのかと。その第一歩として俺が仕事を提供し、その仕事で得た報酬で孤児院を立て直せばいいのではないかと。

「……」

「いきなり俺みたいなここにいる孤児たちと変わらないような子どもが、こんなことを言い出してなんの冗談だと思っているだろう。だが、現実を見てみろ。今のレリアンヌに孤児院を立て直す案があるのか？　国からの支援金が再開されたのか？　現実は案もなければ支援金ももらえていない。だったら、今の自分たちできる精一杯の方法で生きることが重要なんじゃないのか？」

俺の言葉に、レリアンヌは顔を俯かせ黙り込んでしまう。それは俺の言葉が正しく反論の余地すらないからだろう。

現実問題このままなにもしなければ、半年と経たずに孤児院にいる孤児たちは餓死で死んでしまうか、犯罪を行い兵士に捕まって犯罪者として罰を受けることになるかのどちらかだ。

おそらく、彼女の中で答えは出ている。俺の提案に乗るしかないということを。このままでは最悪の結末が待ち構えているということを。

「本当に大丈夫なのでしょうか？」

「大丈夫だ。問題ない」

前世の地球でその台詞はご法度だが、ここは異世界である。そんな死亡フラグのような特殊な法則は存在していないはずだ……たぶん。

俺の言葉を聞いて彼女たちも半信半疑な部分がありながらも、現状を打開する具体的な案がない以上俺の提案を受け入れることにしたようだ。

とりあえず、孤児院で世話をしている孤児の人数は、二十人前後なのでそれを一つの仕事につき六、七人のグループに分けてもらった。まずはマジックカモミールの収穫法と日ごろの手入れの仕方を教える。

みんな命が懸かっているとあって真面目に俺の話を聞き、すぐに収穫と手入れ方法を覚えた。他の仕事についても特に難しい工程や技術は必要としないので、小さな子どもでも覚えるのは簡単だった。

三つの仕事を一通り教え込んだ俺は、レリアンヌに言って台所に案内してもらい三日分の食料を提供する。それを見たレリアンヌとイーシャは何度目かの驚きを見せていた。

「あの、どうしてここまでしてくれるのでしょうか？」

「そうだな、強いて言えば……俺の自己満足ってやつだな」

俺の前世は日本人だった。基本的に、日本人は困っている人がいれば手を差し伸べてしまう傾向が強い国民だと言われている。どうやら、俺もその国民性の御多分に漏れてはいなかったようだ。

だからといって、俺は困っている人がいれば誰も彼も助けてしまうほどお人好しでもなければ善人でもない。俺に助けるだけの力があり、相手に助けられるだけの資格がある時にだけ助けるといった限定的な善意でしかないのだ。

今回の慈善事業もその一環であり、具体的な理由を挙げるのならば〝俺が助けたいと思った〟というはっきりとした理由になっているのかどうかわからない抽象的な理由なのだ。

もっと突き詰めていくのであれば〝俺の目の前に不幸な人間がいることなど許せない〟や〝俺がなんの後ろ指も指されずに今後生きるためには、お前たちが幸せでなければならない〟などといった俺を主体とする理由がいくつか出てくるが、端的に今回孤児院を救済する原動力として一番の理由は〝俺のため〟なのである。

今後、俺はいろんな場所を見て回りたいと考えている。そこに不幸な顔して俺の周りを歩かれちゃあ、こちらとしてもいい気分で見て回ることができないのだ。つまり、俺がいい気分で観光ができるように、周囲の人間が幸せでなければならないという、あくまでも〝俺が俺が〟という理由からくる救済なのである。まさに〝オレオレ救済〟というやつだ。

「ローランド様は、お優しい方なのですね」

「そんなことはない。現に、茶葉や高級糸の生産にお前たちを利用しようとしている」

「ふふ、そういうことにしておいてあげます」

俺の行動に対する感想をイーシャが口にし、俺がそれを否定することを言ってみたが、本気と捉えられなかったようだ。確かに、俺にはゴーレムがいるからそいつらに任せれば、二十四時間休むことなくしかも効率的に生産することができる。

その作業を子どもたちにやらせようとしている時点で、言い訳のしようがないのかもしれない。そのことをレリアンヌもイーシャもなんとなく察しているのだろう。

「とりあえず、俺はこれから商業ギルドへ行って話を付けてくる。明日の早朝に実践的な手入れの方法を教えるから、今日は子どもたちを早めに寝かしつけておくようにしておいてくれ」

「わかりました」

「ローランド君、ありがとう」

そう言って、孤児院の連中と別れた俺は、その足で商業ギルドへと向かった。時刻は夕方一歩手前くらいの時間帯で、道中食べ物を扱う屋台の店が、仕事を終えた人たちがやってくるピークに向けての準備をしているところであった。

そんな光景を尻目に商業ギルドへと到着すると、すぐさまストレージから国王からもらった【ミスリル一等勲章】を装着し、受付へと向かう。

「お、おい。あれを見てみろ」

「あれが噂の英雄か？ 小さすぎないか？」

「でもあの胸の勲章は、本物みたいだぜ？」

「魔族をやっつけたって話だろ？ あんな子どもが信じられん」

などと噂る商人たちの声を聞き流しつつ、受付に向かいギルドカードを提示しながら用向きを伝える。

「失礼、ギルドマスターにお目通り願いたい。取り次いでくれるか？」

「は、はい。か、畏まりました。少々お待ちくださいませ‼」

しばらくすると、ギルドマスターに確認しに行っていた受付嬢が戻ってきた。どうやら会ってくれるとのことで、すぐにギルドマスターのいる執務室へと案内される。

「失礼する」

「ようこそおいで……くださいました」

俺のただならぬ雰囲気を察してか、若干口調が堅苦しい物へと変化する。ちなみに、今の俺は少しだけだが貴族モードになっていることを付け加えておく。そのままソファーにおもむろに座ると、俺はさっそく用件を口にする。

「忙しい中、突然来てしまって申し訳ない。今日は、リリエール殿にある商談を持ってきた」

「お聞かせくださいませ」

最初の柔らかい態度とは打って変わって、まるで大貴族を相手にしているような畏まった態度を取る。以前の俺の雰囲気とは違うことを察知し、空気を読んで合わせているようだ。

「まずは、この三つの品を見て貴殿の意見を聞きたい。別に貶したところで怒りはしないので、忌憚のない意見を述べてほしい」

「わかりました。拝見いたしますわ」

彼女にひと言断りを入れ、ストレージからレリアンヌたちにも見せた品を来客用のテーブルに並べていく。先の二つを見た瞬間目を見開き驚いていたが、最後の野菜を取り出した時は怪訝な表情を浮かべていた。そりゃ、どこにでもある野菜だからな。

しばらく、手に取って眺めたり細かな部分を観察したりしていたが、ようやく査定が終わったようで、その結果が発表された。

「どれも素晴らしい品だと思います。こちらのマジックカモミールは状態も良く、お茶としても薬の材料としても申し分ありません。このヤーンマイトの糸も問題なく、高値が付くのは間違いないでしょう。最後にこちらの野菜類ですが、確かに鮮度も品質も良好だとは思いますが、高値が付くかと言われれば難しいというのが正直なところです」

「なるほど」

リリエールの評価にひと言だけで返答すると、俺はすぐに本題を切り出す。

「これはまだ暫定的な話だが、将来実現可能かもしれない話として聞いてくれ」

「はい」

「もし、これらの商品を定期的に安定して納品できると言ったら、商業ギルドとしてどういった契約内容を提示する？」

「そうですね。もし本当にそうなったと仮定してお話しするのなら、マジックカモミールとヤーンマイトの糸は取引品としては魅力的ですし、こっちの野菜類の方も目新しさはないですが、形も悪くなく鮮度もいいので、ギルドとしても是非とも実りある契約を結びたいところです」

（ふむ、さすがに手の内は見せないか。腐っても商業ギルドのギルマスってとこか……。まあ、腐ってはないいんだがな）

などと内心で冗談を言いつつも、条件としてはそれほど悪くない内容で契約を結べそうだったので、交渉をさらに進めることにする。

「では、あと二、三日ほど待ってくれ。まだこれだけの品質を出せるかどうかが確定していないから、このレベルの品の安定供給が確約できていない状態での契約は、そちらとしてもこちらとしても本意ではないだろう？」

「その二、三日でなにかしらの答えが出るということですか？」

「まあ、そういうことだ。その結果が出次第、また改めて具体的な交渉に移ることにしよう。それで構わないか？」

「わかりました。いい結果が出ることを期待しております」

そんな感じで話が纏まり、リリエールとの交渉は一旦終了となった。これから安定した商品の供給のため、子どもたちに教えていかねばならないことがある。少しばかり忙しくなりそうだ。

時は少し遡り、ローランドと別れた現代を生きる大賢者は、とある場所へと向かっていた。

〜 Ｓｉｄｅ　ナガルティーニャ 〜

愛しい愛しい愛弟子のローランドきゅんと別れたあたしは、瞬間移動を使ってある場所へとやってきた。本当なら、ダンジョンに籠って一人優雅な引きこもりスローライフを堪能したいところだったけど、なにやら魔族が怪しい動きをしていたため、ここ数年しばらく様子を窺っていたのだが、どうやら人間の領域を再び侵そうとする動きだったらしい。

今から二百五十年ほど前に、先代魔王を完膚なきまでに叩きのめして以来、自分たちの領域に引っ込み大人しくしていた魔族たちが再び悪さをしようとしていることに、若干の苛立ちと自分の警告がそのたった二百五十年という短い時間しか持たなかったことに失望する。

「なぜそこまで恐れる必要があるのです！　相手はたった一人の人間ではありませんか‼」

「その一人が問題なのだ。あれと直に対峙していないお前はわからないだろう。あれはもはや人間ではない天災だ」

そこはまるで城の最奥部にある玉座の間のような場所で、一見どこかの人間が治める国の王城だと一瞬思うが、飾られている調度品や彫刻が禍々しいオーラを放っているため、その考えが間違いだということを教えてくれる。

そんな負のオーラが漂う場所で、その雰囲気を気にした様子もなく二人の物がなにやら言い争いをしている。こんな普通じゃない場所で言い争いができる者は、それこそ魔に属する者――それもかなり高位の存在であると大抵の者はその結論に至る。

そして、その例外に漏れずあたしもその結論に至り、玉座に座っている一人の男性魔族を見やる。

その顔には見覚えがあり、どこで見たのかと古い記憶を辿ってみると、ある男の記憶がヒットする。

かつて魔族が人間を支配下におこうと侵略してきた時に、先代魔王の息子としてあたしに敵対してきた男だったはずだ。たしか、名前はベリアルと言ったかな？　最近歳のせいか、物覚えが悪くなっている気がする。え？　二百五十年前のことを覚えている方がどうかしているだって？　……それもそうかもね。

「確かに奴は強いかもしれません。ですが、我ら魔族全員で掛かればいくら厄災の魔女とてただでは済まないはずです」

「あれあれー、随分と楽しそうな話をしているじゃないかい。あたしも混ぜてもらおうかね」

「……ナガルティーニャ」

気配を消して二人の話を聞いていたあたしが目の前に姿を現すと、ベリアルに食って掛かっていた男は目を見開き、対するベリアルは苦虫を噛み潰した歪んだ顔を張り付けている。両者の中での感情の違いを観察していると、ベリアルよりも先に男の方が話し掛けてきた。

「貴様が厄災の魔女ナガルティーニャだと？　ただのガキじゃないか。このような他愛もない相手に魔族のお歴々共はビビッてたってぇのか？」

「おい、小僧。その呼び方は感心しないねぇ。あたしはこれでも人間からは大賢者と呼ばれているんだ。口の利き方には注意した方がいい」

「はんっ、これではっきりしたぜ。厄災の魔女などただの御伽噺の法螺だってことがな！」

男の言葉に多少の苛立ちを覚えたが、それよりも先にこんななにも理解できていない世代が出てくるほどの年月が経過していたのかと、自分自身がそれだけ長い年月を生きてきたことを実感させられる。そんな取り留めのないことを考えていると、焦った様子でベリアルが男の行動を窘める。

「やめるんだグリゴリ！　相手が誰かわかっているのか⁉」

「ただの生意気な小娘ですよ。今それを証明してみせましょう！」

「よせ！　ナガルティーニャに手を出してはならん‼」

ベリアルの制止も聞かず、突如として突撃してきたグリゴリと呼ばれた男の拳が目の前に迫ってくる。デカい態度を取るだけあって、かなりのパワーとスピードを持っているようだ。

「ぐはっ」

グリゴリの勢いある拳があたしの顔にめり込み、そのまま宙へと投げ出される。その勢いは止まることなく、建物の壁に激突することでようやくその勢いが止まった。それを見たグリゴリが高笑いを浮かべながら、不遜な態度で言い放ってきた。

「はーはっはっはっはっ、どうだ！　厄災の魔女恐るるに足らず。やはり厄災の魔女などただの伝承に過ぎないのだ‼」

「愚か者め！　お前の後ろを見てみろ！」

「一体なにを言っているのですか魔王様。俺の後ろには誰もいな——な、なに⁉」

グリゴリが見たものは、先ほど壁に激突したあたしの姿だった。壊れた壁は元に戻っており、まるで何事もなかったかのように佇むあたしを見て驚くグリゴリに、あたしは呆れた態度で言ってやった。

「この程度の幻術も見破れないのかい？　やれやれ、魔族の質も地に落ちたようだねベリアル」

「貴様ぁー‼」

あたしの安い挑発に頭に血が上ったグリゴリが再び突っ込んできた。まったく、馬鹿の一つ覚えみたいな攻撃はあたしには効かないってことがわからないのかい？

そんなグリゴリに対し、あたしは奴の懐に入り込みトップスピードに乗った相手のおでこに親指に引っ掛けた中指をパチンと弾いてやった。俗に言うデコピンってやつだ。

「ぐぁぁぁあああああ」

可愛くないだみ声を上げながら、今度はグリゴリの体が宙に舞う。そして、先ほどのあたしが見せた幻術と同じ結果が今度は本当に再現され、建物の一部を壊しながら壁に激突した。

あたしが本気でデコピンを放てば、相手の首を弾き飛ばして爆散させることは訳ないが、こいつにもわからせてやらねばならない。あたしがなぜ魔族たちに【厄災の魔女】と呼ばれているのかを……。

「ところで、ベリアル。最近小耳に挟んだのだがね。なにやら魔族が人間の領域にちょっかいを掛けようとしているらしいじゃないか？」

「そ、それはただのデマだ。現に人間たちには魔族の被害が出ていないじゃないか？」

「それは、あたしのローランドきゅ……弟子が、あんたの部下の侵攻を防いだからだろう？ ネタは上がってるんだ。このあたしをごまかすのは、あたしの怒りを買うだけだからやめた方が賢明だと思うがね？」

「……」

そう言い放つと、さらに顔を歪め押し黙ってしまう。なにか言ってやりたいが、反論の言葉が見つからないといったところなのだろう。あたしが続けて言葉を口にしようとしたところ、崩れた壁の破片からなにかが飛び出してきた。グリゴリである。

「うおおおおおお」

「やめろ、やめるのだグリゴリ‼」

「やれやれ、小僧には少しお仕置きが必要なようだね……」

そこから、あたしの一方的な攻撃が始まった。最初は抵抗を見せていたグリゴリも、終わり頃にはまったく抵抗の素振りを見せなくなり、ただあたしの攻撃が終わるのを待つのみとなっていた。

「も、もうやめでぐだざい……もう、ざがらいばぜん」

「まったく、若いっていうのはどうしてこうも血気盛んなのかねー？　後先考えないっていうのも困りもんだと思わないかい？」

「……」

あたしの投げ掛けに、言葉を失ったベリアルからの返答はなかった。こうして、厄災の魔女の脅威を知ったグリゴリは、ベリアルが呼んだ衛兵に連れて行かれ、牢屋にぶち込まれることになった。

「グリゴリを殺さないでくれたことに感謝する。そして、グリゴリの起こした行動について、ここに深く謝罪する」

「別にいいさね。あたしはただあんたら魔族が、人間の領域に侵攻しようとしているって話を聞いたから、釘を刺しに来ただけなんだから」

「……っ⁉」

あたしがそう言い終わった瞬間、あたしは体に魔力を纏わせ威圧を込める。そのあまりの圧力にベリアルの顔に汗が滲んでいるが、その程度で済んでいるあたりさすが今代の魔王といったところだと感心する。

「今後魔族が人間の土地を侵略しようというのなら、前回と同じようにこのあたしが立ち塞がることになるから、覚悟を持って侵略してきた方がいい。以前は魔王だけ討ち取ってやったが、次は魔族そのものを根絶やしにしてやる。そのこと、ゆめゆめ忘れる出ないぞ？　先代魔王の息子ベリアルよ」

「ぐっ……」

さらに威圧を込めると、体を折って苦しみはじめたところで威圧を解いてやる。肩で息をしながら、解放されたベリアルを見下ろしながらあたしは再度釘を刺す。

「あたしの用事はそれだけさね。じゃあ、精々頑張って、魔族を絶滅させないよう日々精進することだね。あたしはこれで失礼するよ」

そう吐き捨てるように言い放ち、あたしは瞬間移動で玉座の間を後にした。一人になったベリアルが、怨嗟の念を込めながらぽつりとつぶやいたひと言が、虚しく玉座の間に響いた。

「おのれ、魔女め……」

それは厄災の魔女がいる限り魔族が人間を支配することはできないことへの苛立ちか、はたまた理不尽な力の前に屈するしかない己の不甲斐なさからくる遺憾の念によるものなのか、それともその両方なのかは本人以外のあずかり知らぬところではあるものの、これ以降魔族が悪さをするという話が出ることはなく、のちの後世までナガルティーニャこと厄災の魔女の御伽噺は、実在した本当の話として語り継がれることになるのだが、それはまた別のお話である。

三章　実家からのＳＯＳ

孤児院を支援することを決めた数日後、俺は再び孤児院を訪ねていた。この数日間で子どもたちに仕事のノウハウを教え込み、なんとか形になりつつある。

とりあえず、今後起こりうる問題に先んじて対応するべく、俺は孤児院に五体の護衛用ゴーレムを設置した。このゴーレムは、空気中に漂っている魔力を取り込むことで半永久的に動き続けることが可能な戦闘タイプのゴーレムだ。

これで、孤児院で栽培しているマジックカモミールやヤーンマイトの糸を狙う盗っ人が来ても、ある程度は対処できるだろう。もしゴーレムの警戒網を掻い潜り逃げられたとしても、俺の追跡からは逃れられん。待っているのは冥界か地獄である。……どっちも同じ意味か？

高級品のマジックカモミールとヤーンマイトの糸に関しては、新しく増やす要素はなくそのまま作業に慣れてもらうため、現在も指導を継続している。野菜を育てる畑については、まず比較的育てやすいじゃがいもや大根、キャベツやレタスを中心に育ててもらい、慣れてきたらトマトやニンジン、ピーマンなども追加していきたいと考えている。

それに加えて、主食となるパンの原材料である小麦粉を作るために必要な小麦を自給自足で生産させたいので、まだまだ余裕のある敷地の空いているスペースで小麦畑も作りはじめていた。

「今日は、水回りの強化をしておくか」

今回の作業は水関連の設備を作ることで、俺が水魔法で水を出さなくても水を確保できるようにする作業を行っていく。理想的な孤児院の運営方法としては、俺の魔法に頼ったおんぶにだっこ作戦は最初だけにして、最終的に俺の力を使わなくても孤児院の運営ができるくらいになるのが目標だ。

その足掛かりとして、まずは二つの施設【井戸】と【お風呂】を作製していこうと考えているのだ。

井戸は地下にある水脈を掘り当てることで比較的簡単に作れるが、問題はお風呂である。現代では、浴槽に水を貯めたり、湯沸かし器という便利な機械で簡単にお湯にすることができたが、電子機器を使わずにとなると、やはり必要となってくるのは温泉だ。

温泉と言っても王都周辺では活火山がなく、溶岩の近くに流れる地下水がないため、温泉の湯を確保することができないのが現状である。であれば、どうするのか？　答えは一つしかない。

「地下水をお湯にして、それをお風呂のお湯として使うシステムを構築するしかないだろうな」

温泉が近くにないのであれば、地下水をそのまま浴槽に持ってくる過程で魔石かなにかでお風呂に入るための適温まで地下水の温度を上昇させる機構を作り、それをお風呂のお湯として使用するしかない。

「よし、まずは井戸を作製しよう」

水を確保するため井戸を掘りはじめたのだが、ただ闇雲に掘っても地下を流れる地下水脈にはたどり着けない。だが、感覚操作を持つ俺は生き物の気配だけでなく、こういった無機物に対しても察知できるようになっているらしく、ものの数分で地下水脈を発見した。

ただ、少しネックになっているのは、地下水脈がある場所である。どうやら地下水があるのは、俺がいる地上から地下二千メートル掘り下げた場所にあるようで、その場所まで掘っていく必要があるのだ。

通常であれば、人の手で掘っていくのにどれだけの時間が掛かるかわからないほどの深さだが、俺の大地魔法があればものの数分で到達できる深さだ。では、さっそくはじめていこう。

「まずは、井戸の枠組みとなる場所を作ってそこから掘り下げていくか」

最初に石でできた円形状の井戸の形になるよう枠を作っていき、そこから一メートル五十センチの円柱状に四メートルの深さまで掘り下げていく。本来であれば、深さを十メートル以上に設定したいところだが、使う人間が子どもや女性ということで、なるべく落ちても怪我のない深さで井戸としての機能も果たす絶妙な深さにしてある。

もっとも、直接井戸から汲み上げることはせずポンプを作って間接的に汲み上げる機能も持たせるので、実際井戸の蓋は常時閉じたままになる。

一旦、その場にいた子どもたち全員に、危ないから下がっているように声を掛けてから井戸の底に飛び下りる。井戸の底にたどり着くと、そこから直径二十センチ程度の穴を地下二千メートルに向かって魔法で掘り進んでいく。

所々に固い岩盤が立ち塞がってきたが、俺の魔法の前では無力に等しくさくさくと掘削が進んでいき、とうとう地下水脈まで到達した。

「やべっ、退避！」

地下水脈に到達すると、ゴゴゴという音を立てながら地面が揺れ出す。これはあれだと予想し井戸の外に退避した瞬間、井戸から噴水のように勢い良く水があふれ出してきた。突然のことに俺もその場にいた子どもたちも驚いたが、すぐに水の勢いがおさまり瞬く間に井戸に水が満たされていった。

井戸が完成すると、底面部分の側面から水を引き出し手押し式のポンプを使って水を汲み上げる機構を作り、これで井戸の完成とした。

次にお風呂の作製だが、これはなるべく孤児院近くに建てておきたかったので、空いてる場所でも比較的孤児院に近い場所を選択した。そして、先ほどとは別の場所から地下水脈を掘り当て、その水を二個目の地下水脈を掘り当てる前に作っておいた岩を削って作った露天風呂式の浴槽に入れていく。ちなみにその地下水は、木を削って作ったパイプを縦に半分に割ったような形をしたものを使って浴槽まで持ってきている。

「ただ、これだとただの水風呂なんだよなー」

このままではお風呂ではなく、サウナにあるような水風呂になってしまうため、浴槽にたどり着くまでの途中で魔石を使って水をお湯に変化させる機構を作り上げる。その機構も空気中の魔力を活用するタイプの機構にすることで、半永久的に動かせる仕様にした。

そして、最後の仕上げとして底部分にお湯を捨てるための排水溝を作り、お風呂の完成である。一応ではあるが、来客用や子どもたちが成長したときのために男女別々の風呂を二つ作り、着替えなどの場所も別にしておいた。

お試しでお湯を入れ、俺自身が確認のために体を洗ってからお湯に入ると、異変に気付いた子どもたちが雪崩れ込んできてしまい、ちょっとした騒ぎになった。すぐに気付いたレリアンヌとイーシャの二人によって事なきを得たが、全員畑仕事などで汚れてしまっているため子どもたちも一緒にお風呂に入ることになった。

余談だが、俺が入っていたのは男風呂だったので、イーシャとは別の風呂だったが、なにを血迷ったかイーシャが日頃の感謝を込めて俺の背中を流そうと、男風呂に乱入してくるというハプニングがあった。しかし、レリアンヌの手によってすぐに女風呂に連行されていった。危なかったぜ……。ちなみに、タオルを付けていたので全部は見ていないことを付け加えておく。

〜〜〜

「うん？　これは……」

井戸やお風呂の設置からさらに数日後、トラブルは突然やってきた。俺の元に見覚えのある水色の紙がどこからともなく飛んできたのだ。それは、俺がこの世界における実家のマルベルト家を追い出される際に、置き手紙として弟のマークに託していたものだ。

その水色の紙には俺の魔力が仕込んであり、どこにいようと必ず俺のもとへと飛んでいく仕込みをしていた前世で言う電報のような機能を付けていた。つまりはあれだ。〝ハハキトク、スグカエレ〟的なやつである。

なにか自分の力ではどうしようもなくなった時に連絡をしてこいと手紙に書いたのが、今から三ヶ月ほど前……だったか？　というか、まだ俺が実家を追い出されて半年もたっていないことに自分自身でも驚きを隠せない。

「なになに……〝兄さま助けて、マルベルト領で流行り病が蔓延して、父さまが危篤状態になってしまったんだ。方々手を尽くして薬を探したけど、日に日に父さまの顔が青くなっていちゃって……。このままじゃ領地がとんでもないことになってしまうんだ。お願い兄さま助けて‼〟か……」

手紙書かれていた内容を頭の中で噛み砕いて精査し、それが終了すると同時に、俺は誰もいない部屋で一人叫び声を上げた。

「ダニィ⁉︎父上が死ぬというのか！　早い、早すぎる。このままでは俺がマークに授けた計画を十年ほど前倒しにしなければならないではないか‼……仕方ない、かなり早いが一旦マルベルト領に戻るしかないな」

マークのＳＯＳを受け、俺は仕方なく実家に帰省することにした。このまま現当主である父ランドールが死んでしまえば、父に代って弟マークが当主の座を継ぐことになるのだが、いまだ成人していないということで後見人が付く可能性が高い。その人物は、おそらく父が懇意にしている隣領のバイレウス辺境伯になるだろうが、それでも他家の貴族に家の内情を知られるのは、いくら仲のいい人物といえども憚(はばか)られるのである。

その内情を利用して甘い汁を吸おうとする輩もいれば、それをネタにして多少の無理難題を吹っ掛けてくることだってあるのだ。懇意にしていようと、そういった家の大事な情報というのは表に出さないのがセオリーであり、一貴族家の当主としての義務でもある。

それゆえに、今父上に死なれてはいろいろと面倒な案件がいくつも浮上してくるのは火を見るよりも明らかであるため、俺は貴族当主の役目を押し付けたマークの未来を明るいものにするという形のない義務感に従って、今回の帰省を決断するに至ったのだ。

「よし、そのためにはいろいろと根回しが必要だな」

俺はそう呟くと、屋敷の責任者であるメイド長のミーアと執事のソバスを呼び出した。いきなりの招集にも関わらず、何事かと戸惑う様子を一切見せない二人にさすがはプロだなと内心で感心しつつ、俺は体のいい事情を話して、しばらく屋敷を離れることを告げた。

「畏まりました。ローランド様のいない間、この屋敷は私たちにお任せください」

「任せたぞ。そうだ、一応念のためにこれを渡しておく」

俺はこの屋敷に帰ってくる時期がわからないことを見越して、ソバスに大金貨十枚の入った皮袋を渡しておく。これだけあれば、贅沢な暮らしをしなければ五年くらいはなに不自由なく生活していけるはずだ。……まあ、そんなに屋敷を空けることはないと思うがな。

「じゃあ行ってくる」

「いってらっしゃいませ」

「お気をつけて」

ミーアとソバスの二人に見送られ、いつものように屋敷から出てすぐのところで瞬間移動を使ってすぐさまマルベルト領へと飛んだ。屋敷の人間には俺の能力のことは秘密にしているが、そろそろ隠すのが馬鹿らしく……もとい、面倒になってきたので、この一件が終わったら俺の力のことを話してもいいかもしれない。

王都から懐かしきマルベルト領のローグ村へと一瞬にして戻ってきた俺は、感慨に浸る間もなく周囲の様子を探っていく。すると、流行り病が流行しているというのは本当のようで、昼間だというのに人通りがなく、全員必要最低限の人との接触を避けているようだ。

「お父さん、苦しいよ……」

「チャイ！ しっかりするんだ？ チャイ‼」

そこにいたのは、今にも命の灯が消えそうになっている娘を抱き抱える父親の姿であった。気になって解析してみたところ、やはり流行り病に侵されており、かなり衰弱している様子であった。

「おい、ちょっといいか？」

「だ、誰だおめぇは⁉どっから現れた」

「そんなことはどうでもいいことだ。それより話を聞かせろ」

「あ、怪しい坊主め一体どっから来たのか知らんが、余所者に話すことはなんもねぇよ‼」

「なにを騒いでおるのじゃ」

いきなり現れた俺に警戒している村人にどう話を聞こうか悩んでいると、見覚えのある人物が声を掛けてきた。ローグ村の村長である。

「そ、村長！ それがいきなりこの子どもがやって来たかと思ったら、話を聞かせろとか言ってきたんだ‼」

「子どもじゃと？……っ⁉事情はわかった。お前は、チャイを安静にさせてくるのじゃ。この子どもの相手はわしがやる」

「わかった」

村人にそう指示を出した村長が、村人がいなくなったのを見計らって膝を折り平伏する。

「ロラン様ですな。お久しゅうございます」

「そんなことをする必要はない。俺の行く末は知っているだろう？」

「マルベルト家を追放されたことですな」

「そうだ」

このローグ村は、俺がドラ息子であるというネガティブキャンペーンを行った時にもっとも被害にあった村でもある。あの時は素行の悪い長男としてのイメージを付けさせるため、人の道に反しない程度の悪質な悪戯を仕掛けまくっていた。

だからこそ、この村の連中にとって俺は会いたくない人間のはずだ。実際に俺がいなくなり俺の嫌がらせを受けなくなった人間も一定数存在しているのだから。

「確かにロラン様はわしらに対し、いろんなことをやってきたかもしれないですじゃ。ですが、わしにとっては大恩あるランドール様のご子息に変わりないのです」

「ふ、そうか。であれば、いろいろと話を聞かせてくれ」

こうして、かつて迷惑を掛けた村の村長から話を聞くことにした。

「というわけですじゃ」

「なるほどな……」

ローグ村の村長から詳しい話を聞くと、ことの顛末(てんまつ)は今から七日ほど前にまで遡るらしい。

急に謎の熱病にうなされはじめた村人が続出したと思ったら、それが瞬く間にマルベルト領全域に広がってしまい。今では病に侵されていない人間も、流行り病を恐れて外にすら出てこない状況となっていた。

「……どうやら、お前もその病に侵されているようだな」

「なんですと⁉ロラン様は鑑定をお持ちなのですか？」

「まあ、似たようなものを持っているな」

俺は村長の問いに軽く答えながら、詳細を調べていく。先ほど倒れていた村人の娘を解析した時に出ていたものと同じ【ルトヒー病】という病に感染しているらしい。

どうやら、先ほどの娘から病原菌をもらってしまったらしく、発症まで一日と数時間という表記まで表示されていた。ちなみに、ルトヒー病の詳しい詳細は以下の通りだ。

【ルトヒー病】：熱を伴った激しい症状が特徴的な病。主な感染経路は、咳などで発せられた飛沫や呼気に含まれる病原体を含んだ魔素によって感染者から病原をもらう飛沫感染並びに空気感染である。

前世でもこのようなタイプのウイルス病が何度も蔓延していたが、どうやらこちらの世界でもその例に漏れず、その猛威を振るっているらしい。幸いまだ感染したばかりであるため軽い回復魔法でどうとでもなるレベルだが、さっきの娘のように症状が進行してしまうと、治療するのにも高位の回復魔法を必要とするため、手遅れになってしまう可能性が高くなる。

「【キュアメディスン】」

「こ、これは……」

未知のウイルス病ほど恐ろしいものはないが、俺にとってはただの小さな羽虫となんら変わらない程度のものでしかないため、魔法一つでお茶の子さいさいだ。理由はわからないが、回復魔法はかなりランクの高いスキルらしく、スキルそのものは発現せず光魔法や水魔法の応用を使っていたのだが、それでもかなり強力な能力となっていた。いつか、スキルとして発現してくれることを願っている。

ということで、さっさと村長の病気を光属性の魔法で治癒し、症状が発症する前に完治させた。それを見た村長が目を見開き驚いていたが、そんなことを気にすることなく俺は村長に病人のいる場所に案内させる。

「こちらでございます」

「……多いな。面倒だ【ハイエリアキュアメディスン】！」

案内されたのは、広場に簡易的な天幕を張ったような場所で、そこにゴザのようなものを敷いた上に病人たちが寝かされていた。そのほとんどの者が熱病にうなされ、生死の境を彷徨っている危険な状態だった。

しかしながら、俺にとってはそれほど大した病気ではないため、一人一人見て回る手間を省くために広範囲に作用する病気を治す魔法を展開させる。青白い魔法陣が発動し、病人の体から病の元となっている病原菌を死滅させる。

瞬く間に治療が完了してしまい、急に体の辛さが無くなった村人たちが何事かと騒めきはじめたが、村長のひと言でその病が治ったことが宣言される。

「このたびの病を治してくださったのは、ここにおられるロラン様じゃ。皆、ロラン様に感謝するように」

村長の言葉に驚愕の表情を浮かべたり、顔を引きつらせる者も多くいた。それだけ、俺のやってきたことが酷いものであったことを如実に物語っていた。村長が大きな声で村人に感謝の言葉を言わせようとしているのを制止させ、俺は村人たちに語り掛けた。

「村人たちよ。この中にいる者の中には、俺に虐げられてきた者もいるだろう。だから、感謝の言葉は口にしなくても構わない。今回は俺が過去にやったことに対する詫びだと思ってくれればいい。それに、俺がこの地に再び戻ってきたのは、なにもお前たちを助けるためじゃないしな。じゃあ、邪魔したな」

「ま、待ってくれ‼」

そう言うと、俺が踵を返してマルベルト家の屋敷に向かおうとしたその時、先ほど出会った娘を抱えていた村人がいた。村人は俺に勢いよく頭を下げ、感謝の言葉を口にする
「ありがとうございます！　あなたがいなければ、ここにいる娘は助かりませんでした。あなたが過去にどんなことをしていようと、俺は今のあなたに感謝しています。本当にありがとうございました」

男が俺に頭を下げたことを皮切りに徐々に頭を下げる者が出はじめ、最終的には全員が俺に頭を下げる結果となった。そして、俺の前に躍り出た村長までもが頭を下げ、全員が俺に平伏するような形となった。

「とりあえず、これで死にはしないだろう。俺は屋敷に行く」

「ロラン様、このたびのこと重ねて感謝いたします」

「気にするな。これも、俺が過去に犯した罪に対する罪滅ぼしなのだからな」

そうひと言だけ告げ、俺は久しぶりのマルベルト家の屋敷へと向かった。

屋敷の門に向かうと、門の前でそわそわとした様子の見知った顔が目に入ってくる。数ヶ月という短期間だが、それでも久しぶりに見る弟は以前と比べて逞しくなっている気がする。

俺の姿を見つけたマークは、どんな女性でもいともたやすく落としてしまいそうなほどまぶしい笑

顔を浮かべながら、まるで飼っていたペットの犬がご主人様の帰りを待ちわびていたかのような姿とだぶついてしまうほどに喜んでいた。

「おかえりなさいませ兄さま！　会いたかったです‼」

「そういうのは、いずれお前の妻となる女にでも言うことだな。俺に言ったところで、俺の心を奪うことなどできはしないぞ？　兄より優れた弟など、いはしないのだからな」

「兄さま……」

俺の言葉に、頬を赤く染めながらもじもじと体を捩らせながら照れるマーク。女の子であればよい光景だが、男の子にしかも弟にそれをやられてもあまり嬉しくはないぞよ？

久しぶりの兄弟の再会に喜んでいると、どこからともなく轟音が響き渡ってきた。よく聞けば、その音の発生源は屋敷の方からで、その時点でその音の主が誰なのかほぼほぼ予想が付いてしまう。

「ローラーンーおーにーいーさーまぁぁぁぁあああああああ」

そう、その轟音の主こそもう一人の兄妹である俺の妹ローラである。俺が帰ってくることをマークから聞いて知っていたのか、はたまた俺が帰ってきたことを天性の勘で察知したのかは俺のあずかり知らぬところではあるが、俺を目聡く見つけた彼女が屋敷の入り口からこちらに全力疾走してきているのだ。

「やれやれ、この家は相変わらず騒がしいな。もっと静かに出迎えられんのか？」

「それだけ、兄さまにまた会えたのが嬉しいのですよ」

呆れる俺にそう答えるマークの言葉を聞きながら、俺は近づいてくるローラの対応に備えるのであった。

「お兄さま！　お兄さま、お兄さま、お兄さまぁー‼」

勢いよく俺に飛び込んできた妹ローラが、俺を呼びながら抱き着いてくる。これが他の女であれば確実に避けているが、さすがに血を分けた妹の抱擁を拒否するほど、俺は薄情な人間ではない。……言っておくが、俺はシスコンじゃないからな？

「ローラ。もういい加減離してくれないか？」

「くんか、くんか。わあーい、ロランお兄さまの匂いだ」

「……」

……妹よ、ちょっと見ない間に進んではいけない道に進んでしまっていないか？ 兄とはいえ、男のスメルを嗅ぐのははっきり言って変態だぞ？

ローラからなにか危険な臭いを察知した俺は、早々にローラを引き剥がす。それに対して残念そうな声を上げながらも、視線はがっちりと俺を外すことなく俺に穴が開くのではないかと思えるほどに凝視しているのが気配で伝わってくる。

「さっそくだがマーク。父上のもとへ案内してくれ」

「はっ、そうでしたね。僕としたことが、兄さまの再会に舞い上がってました。こっちです」

そこから、弟の案内に従って父がいる部屋へと向かう。案内といっても、十二歳まで住んでいた屋敷なので勝手知ったるなんとやらだ。

屋敷内の使用人たちは流行り病によって床に伏せっているのか、ほとんど見かけることはなかった。ちなみに、なぜマークとローラの二人が病になってないのかというと、俺が屋敷を出ていく少し前にマークに対して「できれば、回復魔法の習得もしておいた方がいいぞ。疫病が蔓延したら領地が大変なことになるからな」というアドバイスを忠実に実行し、今回の病が流行する前に回復魔法の習得をしていたらしい。

しかしながら、回復魔法のレベルが低く精々が病の進行を遅らせたり病に罹りにくくする程度の効果しかないため、病が流行し出した時にはすでに父ランドールは病気に感染していた。

幸いなことに母クラリスとマークとローラの双子の兄妹は、感染する前だったためなんとか回復魔法で防ぐことができたが、ランドールは手遅れだったのである。

父がいつも使っている寝室に行くと、そこには青い顔をしてうなされている父ランドールの姿があった。そこにはそんな父の姿を心配するように寄り添う母クラリスもいた。

「あら、マーク。どうしたのかしら？……あなたは、ロラン。そう、マークから話を聞いて来たのね」

「父上の様子は？」

父の容体を聞いたが、首を横に振るだけで詳しい内容は答えない。おそらくは、もう長くは持たないことをなんとなく察しているのだろう。だが、それは俺がこの場にいなかったらという注釈が付くからな。

「とりあえず、話ができる状態にしないといけないいな。【ハイヒール】」

ひとまず、父ランドールに意識を取り戻してもらうため、病気で失った体力を回復させる。すると、ランドールの瞼が開き意識が戻った。

「あ、あなた！」

「父さま」

「お父さま」

「んっんんー、お前たち。……ロランか。そうか、お前を追放したこの俺の姿を嘲りに来たか……」

「それもありますが、俺がここに来たのはあなたにある契約を持ち掛けに来たのです。悪魔の契約をね」

「悪魔の契約だと？」

俺の言葉に怪訝そうな表情を浮かべながらも、その先の言葉を父は待っていた。ある程度間が開いたので、俺は父にある交換条件を持ち掛けることにした。

「今ここで父上が死ねばどうなるかはわかっていますね？　まだ成人していないマークでは、マルベルト家を継ぐには早いと判断され、他の貴族が後見人として領地経営に口を出してくるのは目に見えている」

「……わかっている」

「であれば、あなたはここで死ぬわけにはいかない。そして、俺の都合としても今父上……ランドール・フォン・マルベルト男爵閣下に死なれては困るのだ。なら、交換条件といこうじゃないか」

「交換条件だと？」

俺はランドールにある条件を提示した。それは、彼の病気を治す代わりに俺がマルベルト家の長男であるロランを次期当主候補の座から外し、次男のマークを候補にしたことを公の場で公表してその旨を書かれた書状を国王にしたためること。

そして、追放となった俺をマルベルト家に連れ戻そうとしないこと。この二つの条件を対価として彼の病気を治すことを提案したのだ。

実のところ、俺が追放処分となったことは風の噂程度には広まっているものの、それはまだ噂の域を出ていない状況であり、マルベルト家も体裁が悪い話であるため公の場での言及は避けていたのだ。

だからこそ、情報が独り歩きしてしまったことで、マルベルト家の長男は現当主によって次男を次期当主にする策略で殺されただの、長男が正体不明の謎の呪いに掛かり見た目が化け物になってしまったという根も葉もない噂が出る始末であった。

マルベルト家としても、折を見て俺を追放したことを公表する準備を進めてきたが、これというタイミングがなく、結局長男追放の公表が遅れてしまっていたのだ。正当な理由とはいえ、通常長男を追放し次男に次期当主の座を譲るというのは、とても稀有な事例であるため、いろいろと良からぬ噂を立てる者も少なくはない。その噂をできるだけ払拭する意味でも、今回の追放にはちゃんとした正当な理由があるということを強調した上で、誰もが納得する方法で公表したい狙いがあった。

そうこうしているうちに領内で流行り病が発生してしまい、公表どころの話ではなくなってしまっていたというのが、今回の事の顛末だ。

「あんたの病気を治す代わりに俺を追放したことを公表し、俺をマルベルト家へ連れ戻すような真似をしないと誓えば、まだ幾ばくかの人生を歩ませてやるが……どうする？」

「……お前に、この病気を治す手段があるというのか？」

「でなければ、この条件自体が成立しないだろう？」

「……」

しばらく、沈黙がその場を支配する。頭の中でいろいろとなにかを整理しているのだろう。そして、整理も終わったのか一つ息を吐き出すと、ランドールが返答する。

「わかった。その条件を飲もう」

「じゃあこの契約書にサインしてくれ」

「これは……」

「【デスコントラクト】、死の契約書だ。ある条件を提示し、その条件が破られた場合サインした者の命をもって償うという強制力を持った契約書だ。俺が提示した条件を必ず守るというのなら、これにサインしろ」

俺が魔法によって作り出したデスコントラクトにランドールがサインをする。衰弱しているため、書き終わるのに時間が掛かったが、なんとかサインをした。これで俺の条件が破られた場合、ランドールが死ぬことになる。

「よし、これで契約は成立した。今から治療をはじめる」

そう宣言したあと、俺は魔法を唱えた。

「【キュアメディスン】」

いまだ病で苦しむランドールに向かって、俺はキュアメディスンを唱える。ローグ村で人体実験……もとい、検証した結果この魔法が今回の病に効果があることはわかっていたので、ランドールにも使ったのだが、そうは問屋が卸さないとばかりに特に変化がなかった。

「ふむ、どうやらこの魔法の効果が及ばないほどに病気が進行しているようだな」

「兄さま、父さまは助かるのですか？」

「俺は父上と契約を交わした。デスコントラクトで契約した以上、その契約内容は果たさねばならない」

俺が父と交わした契約は、その気になればこちらから破棄することができるもので、俺にとってかなり有利なものだ。だが、一度約束したことはよほどのことがない限りは反故にするつもりはない。俺は、目の前にいるこの男を助けられると踏んだからこそ、相手の命を懸ける重い契約をすることにしたのだから。

「これならどうだ。【イルネスピュリフィケーション】！」

以前ナタリーの弟であるジャンを治療した時に使った魔法を使ってみる。この魔法は、病原菌やら病原体の原因となっているもの自体を浄化させる魔法で、先に唱えたキュアメディスンの上位にあたる魔法でもある。

俺がイルネスピュリフィケーションの魔法を唱えると、ランドールの顔がみるみる赤みを取り戻し、かつて見た元気な姿を取り戻していった。

「こ、これは……助かったのか？」

「あ、あなたっ」

「父さま」

「お父さま」

ランドールが危機を脱したことに安堵する家族の姿を眺めながら、今後の後処理について思案する。

とりあえず、今後の方針としては、病気の原因を取り除き、このようなことが再び起こった時の対策を考えねばならない。

この領地が病に侵される度に呼び戻されてはかなわないというのもあるが、今後はマーク一人の力でなんとかしてもらわなければ、一領主としてやっていくことなどできないだろうという思いもある。

そのためには、回復魔法のレベル向上及び病気に対しての予防対策、並びに事態を乗り越えた後の事後処理までの流れを教えなければならない。いまだ十歳という若さではあるが、まだまだ教えることは山ほどある。

「兄さま」

「ん？」

いろいろと頭の中で考えていると、突然マークに声を掛けられる。どうやら、父上から俺に話したいことがあるようだ。

「ロラン。今回のこと助かった。ありがとう」

「別にあなたのためだけにやったわけじゃない。すべてはこの俺がのんべんだらりと過ごすために必要だっただけの話だ。だから、礼を言う必要はない」

「それでも、俺はまだここで死ぬわけにはいかなかった。例え俺のためではなくとも、命を助けられたことに変わりはない。本当に感謝する」

「ふんっ」

俺はランドールの言葉に、鼻を鳴らしてそっぽを向く。それが照れ隠しだと分かっているのか、そこにいる全員が微笑ましい顔を浮かべながらその様子を見つめていた。やめろ！　そんなハートフルな雰囲気を出すんじゃない。

そんな雰囲気に居たたまれなくなった俺は、すぐに話題を今後のことについて話すことにした。まずは、現状まだ病気で苦しむ人間がいるということで、直接現地に赴き治療を施さなければならない。こういった病は、もとから完璧に絶たねばまたどこかで必ず出てくるのだ。

ひとまず、屋敷の人間から治療を行うということになり、マークに回復魔法の修行の一環として俺の魔法を直接見せながら指導をしていく。

「いいか、病気を治す魔法を使う時は、その魔法で悪い部分が浄化されていくのを頭で思い描きながらやると成功しやすい。【キュアメディスン】」

「なるほど」

「お前もやってみろ」

「はいっ」

「ロランお兄さま、わたくしにも教えてくださいまし」

一通り屋敷の人間を治療し、治療が終わる頃にはマークもキュアメディスンが使えるようになり、ここで嬉しい誤算だったのが、ローラも回復魔法を覚えることができるようになった。これである程度の病気であれば、二人でなんとか対処できるはずだ。

俺の姿を見た使用人たちは一様に俺がいることに驚いていたが、どうせまたすぐにいなくなってしまうため、彼らがどう思おうと知ったことではないとばかりに治療を施していった。

こうして、ルトヒー病に罹っていた屋敷の人間すべての治療が終わり、病の危機を乗り越えることができたのであった。

「では、明日の早朝また来るから遅れないようにな」

「兄さま、屋敷に泊ってくださない。ここは兄さまの家でもあるのですよ」

「俺はもうマルベルト家の人間ではない。そんなやつがマルベルト家の屋敷に出入りしていると知ったら、あらぬ噂を立てられる攻撃の材料となり兼ねない。それはわかるな？」

「……」

俺の言葉に、顔を俯かせる。そんなマークを見かねたローラが、俺に提案する。

「ロランお兄さま。お兄さまは、流行り病からわたくしたちを救ってくれた恩人ですわ。そんな恩人を、屋敷でもてなしもせずにそのまま帰したとあっては、貴族の名折れだと思うのですが？」

「ふむ、確かにローラの言うことにも一理あるな。であれば、父上にお伺いを立てて父上がいいと言えば泊っていってやろう」

俺の言葉に途端に顔を輝かせるマーク。だからマークよ、その笑顔は女の子に向けるものであって、決して実の兄に向けていいものではないと言っているだろう？　そして、ローラお前もだ。

すぐに父上から滞在の許可を取り付けた二人は、俺を逃がすまいと部屋へ案内する。俺が以前使っていた部屋に案内され、懐かしい思いに浸るように思わず見回す。俺の部屋はマークのわがままでそのままにしてあり、定期的に掃除がされているようで、塵一つ落ちてはいなかった。

それから、すぐに夕食となり俺は久々に家族と共に食事をすることになったのだが……。前世の料理の味に慣れてしまっている俺の口にマルベルト家の料理が合うわけもなく、以前と同じく厨房に赴き料理無双を披露することになった。その結果、俺の作った料理は大層喜ばれたが、マルベルト家の料理人はあまりいい顔はしなかったことを付け加えておく。

～～～

ローランドことロランの前世は、とある企業の取締役だったのだが、結婚はおろか彼女の一人すらまともにいたことはなかった。彼自身決してモテなかったわけではないのだが、彼の持つ運命によって恋愛運が強制的に抑え込まれていたがために、それが彼の恋愛成就の妨げとなっていたのである。

しかし、生まれ変わった今その枷から解き放たれた彼の恋愛運が、前世から溜まったツケを清算しようと虎視眈々と動き出したのである。

～ Ｓｉｄｅ　ローレン ～

――時は、ロランがミスリル一等勲章を授与してから二週間後。

「ななな、なんですってぇー!? ロラン様とお会いした？ どこで会ったのですか!? 教えてくださいまし‼」

「お、落ち着くのだ……娘よ。そして、苦しいから手を離してはくれまいか？」

王都から帰ってこられたお父様の話を聞いて、私は思わずお父様の襟元を締め上げてしまいました。最近は剣術や武術などに力を入れているせいか、力の加減が難しくて困りものです。

ロラン様に相応しい女性を目指すべく、淑女としての礼儀作法はもちろんのこと軍略や家事なども覚えはじめておりますのよ。でもやっぱり、武官貴族の娘だけあって体を動かすのは気持ちがいいです。

「まったく、ロランのこととなると見境が無くなるとんだじゃじゃ馬になったものだ……（ボソッ）」

「お父様、ロラン様がどうかなさいましたて？」

「いやなんでもない、お前の聞き間違いだ（おまけにロラン関連については地獄耳ときている。これでは本当にロランの奴を婿にもらい受けるしかないではないか……）」

王都からお戻りになられた旅の疲れが出ておられるのか、お父様が眉間を抑えながら私の問いに答えました。今日はゆっくりとお休みになられて欲しいものです。

それはそうと、お父様から聞いたお話ではロラン様は冒険者として街に襲来した魔族を撃退し、その功績が認められミスリル一等勲章を授与されたらしいです。さすがは私の未来の旦那様です。あの方のことを思うだけで、私の心臓は鼓動を早め息苦しくなってしまいます。ですが、それがなんとも心地よかったりもするのです。苦しいのに心地いい不思議な気持ちです。

「ロラン様、待っていてくださいまし。このローレンが必ずあなた様に相応しい女になって見せます」

そう言いながら、私は私の身代わり……もとい、私の代わりにマルベルト家に嫁がせる予定の妹に教育を施すべく、今日も日課の家庭教師をやっております。

すべてはバイレウス家のため、私がロラン様を婿として向かい入れるための準備なのです。あの方と結ばれるためならば、私はどんな手段も厭いません。どんな手を使おうが、あの方を手に入れればいいのです。

～　Side　ローラ　～

「はぁ……」

わたくしは、目の前にいる殿方の横顔に思わず感嘆のため息を吐いてしまいました。わたくしが愛してやまない世界唯一の殿方……。それは誰ですって？　わたくしの兄ロランお兄さまに決まっているではありませんか。

艶やかな金色の髪とエメラルドをはめ込んだ綺麗な緑色の瞳を持つ、まるで美しい美術品のような容姿を持った殿方です。お兄さまが素晴らしいのは、その美しい見た目を鼻にかけることもなくわたくしたち兄妹に対し、お優しいという内面の美しさも兼ね備えているところでしょう。

一時は自分の目的のために素行の悪い領主の息子という名目で質の悪いいたずらをしていたようですが、それもすべて自分が自由になりたいという目的があったからこその行為であって、本来のお兄さまはとてもお優しいのです。

（ああ、ロランお兄さま。あなたはどうしてロランお兄さまなの？ もしもあなたがお兄さまではなく、血の繋がらない赤の他人ならなんの気兼ねもなく結婚できますのに……）

お父様の病気を治すべく魔法に集中している真剣なお兄さまに対し、心の中でそんなことを呼び掛けてみるものの、当然お兄さまからの返答はありません。

嗚呼……お兄さま。お兄さまの真剣な横顔を見ていると、なんだか胸が熱くなってきます。そういえば、なんだか下半身の方も熱くなってきた気がしますわ。

家族や使用人などの周りの人間からは、兄妹で結婚することはできないから兄さまを好きになってはいけないと散々言われていましたが、そんなことでこのわたくしの愛の炎を消せると思ったら大間違いですわ。

それにわたくしは知っていますのよ？ 過去に兄妹や姉弟同士で結婚した貴族の前例があることを。その貴族家は今も存在しており、栄華を極めたとは言いませんが、ちゃんと貴族の一員として領地を治めているのです。

であるならば、わたくしがお兄さまと結ばれてもなんら問題ないと思いませんか？ 思いますよ

ね……？　思いますと言いなさい‼

　コホン、話が逸れてしまいましたが、とにかくお兄さまの妻になるべくわたくしは今立派な淑女となるべく様々なことを勉強しております。礼儀作法や貴族として必要な教養などは当然として、お兄さまの妻になった時のためにそういった夫婦の営みについての知識も勉強しております……ぽっ。

　それはそれとして、あれだけ素晴らしいお兄さまを他の女性が放っておくはずがありません。現にバイレウス家のローレン様もお兄さまの魅力に気付き、自分磨きに余念がないと風の噂で伝わってきております。

　これはうかうかしていたら、他の方にお兄さまを盗られてしまいかねません。そのためにも、頑張って精進しなければ。嗚呼、それにしても真剣な顔でお父さまの治療をするお兄さま……素敵です。待っていてください。いつか必ずあなたに相応しい女性になってみせますわ‼

～Ｓｉｄｅ　ファーレン　～

「ふぅー、やっと着きました」

　十日という長い道のりを経て、ようやく私たちは王都へたどり着きました。その目的は、とある一人の冒険者ですわ。名前はローランドと言って、見た目は何処にでもいる普通の少年ですが、どこか気品のある雰囲気を兼ね備えた不思議な少年です。

　彼とはじめてお会いしたのは、私が盗賊に襲われている時でした。護衛の人数よりも盗賊の人数が多く、多勢に無勢な状況に私も死を覚悟いたしました。ですが、最悪の結末になるかに思われたその時、彼が現れたのです。

彼が魔法で支援してくれたおかげで、盗賊たちを撃退することに成功しました。私は馬車の中にずっといましたが、私自身の持つ能力【千里眼】の能力によってその一部始終を目撃していたのです。

護衛の騎士たちに盗賊が討ち取られるのを見届けた彼が、気付かれないように立ち去ろうとするのが見えたので、私のもう一つの能力【念話】を使ってお礼がしたい旨を伝えましたが、断られてしまいました。

命を助けられたのにも関わらずなんのお礼もしないのは、貴族の一員としてなによりも人として恥ずべき行為です。ですのでなんとか引き留めようとしたのですが、私から逃げるように去って行ってしまいました。

それから彼とは迷宮都市オラルガンドで再会を果たすのですが、私がお礼をしたいと言っても「必要ない」のひと言で済まされてしまいました。

それ以降なんとか彼にお礼ができないものかと考えている時間が長くなり、気付けば彼のことばかり考えるようになったのです。そして、彼のことを考えるとなぜだか胸の鼓動が早くなることに気付いてしまいました。

そんなある日、オラルガンドに魔族が襲来するという未曾有の危機が起こってしまったのです。人々が恐怖し絶望する中、魔族はたった一人の冒険者の手によって撃退されました。その冒険者こそ彼だったのです。

その功績を認められ、王都に行くことになった彼を案内しようとしたのですが、そこで彼の知り合いの冒険者も案内に名乗り出たのですが、そこで危険な女がいました。あれはいずれ私の障害となり得る女だと直感的に感じました。

そんなことをしていると、いつの間にか彼が王都に向けて旅立ってしまったではありませんか、これは追いかけねばならないのですが、道中は危険な旅路となるためすぐには出発できません。

そこで私はあの女が所属している冒険者パーティーに護衛依頼を出しました。聞くところによると、彼らはAランク冒険者ということで実力的には申し分ありません。彼らもローランド様を追って王都に向かうつもりだったらしいので、ちょうどいいということで私の依頼を受けてくれました。

王都へ向かう道中例の女の情報を引き出し、彼女が彼の弟子だということを知りました。いろいろと話を聞いてみると、やはり侮れない女だということが重々に理解できました。

そんなこんなでようやく王都にたどり着き、あの方に会うためやってきたという訳です。

「待っていてください。今あなたのお側に……」

そんな決意が口から零れ落ち、恥ずかしくなってしまいました。ですが、他の女性に先を越されないよう今は頑張るだけだと、私は歩き出しました。

～　Ｓｉｄｅ　クッコ・ロリエール　～

私はクッコ・ロリエール。栄光あるローゼンベルク公爵家に仕える騎士だ。

私の役目は、ローゼンベルク家の令嬢であられるファーレン様の身辺警護をすることであり、ファーレン様に害を為そうとする者から守ることだ。

貴族令嬢は甘やかされて育てられることは珍しくないため、わがままで自分勝手な性格になる傾向が強いとよく聞くが、ファーレン様は決してそのようなことはない。

何事も謙虚で真面目であり、見目も麗しくいずれ多くの男を魅了することは間違いない。そのためにも、もっとあの方の身辺警護にも身を入れなければなるまい。

そんな折、オラルガンドに向かっている道中盗賊が襲ってきた。数の力にものを言わせて襲ってこられては、いくら鍛えられた騎士といえども多勢に無勢だ。このままでは数に押し切られると考えていたその時、突如周囲に霧が立ち込めたのだ。

それに動揺した盗賊たちを一人ずつ始末していきなんとかなったが、あの霧の正体は一体なんだっただろうか。その疑問はファーレン様のお言葉によってすぐ解決する。なんでも、突然やってきた冒険者の魔法だったようで、自分たちはその冒険者に助けられたらしい。

オラルガンドに到着してすぐにその冒険者と出会ったのだが、これが礼儀をわきまえない無礼者だった。名前はローランドというらしく、まだ成人していない少年だ。本当にこんな奴に命を救われたのかと目を覆いたくなる気持ちだったが、その冒険者の言動に憤った私は奴に決闘を仕掛けた。

結果は見るも無残な惨敗だ。この私が負けることがあろうとは思いもよらず、最初はその事実を受け入れられなかったが、今では負けて当然だったと納得できる。

最初に出会った印象が悪すぎたため、最初の頃は思い出すだけでも腹を立てていたが、あの少年の圧倒的な実力に魅せられている自分がいることに気付きはじめた。

あの年で一体どれだけの訓練を積めばあの実力を手に入れられるのか、どうやったらあの強さにまで近づけるのか、私の頭の中はあの少年ローランドのことで次第に一杯になっていった。

気付けば、どうやら私はあの少年に異性としての魅力を見いだしてしまったようで、あの少年のことを考えると胸の鼓動が早くなり息苦しくなってしまう。だが、不思議とそれが心地良くて、夜にベッドで少年のことを考えながら事をなしてしまったのはここだけの話だ。

だが、どうやらファーレン様も私と同じ思いを抱いているようで、気付けば少年の名を呟きながら憂いに満ちた目をしておられた。

彼女の護衛騎士として思い人との恋路を応援して差し上げたい思いと、同じ男性を好いている女性として彼女の恋を素直に応援できない葛藤が私の中で板挟みとなって押し寄せていた。

そんな中、突如魔族の襲撃があり、オラルガンドが危機に瀕したがその事態を収めたのはたった一人の冒険者だった。それが件の少年ローランドと知った時には、驚きよりも先に嬉しさが込み上げてきたのだ。

私が好いた男はそれほどの人物であったかという戦いに身を置く者として、そしてなにより女として思い人が多大な功績を挙げたことがまるで自分が手柄をあげたことのように嬉しかった。

そして、その功績が認められ少年が王都に呼ばれたと聞いてファーレン様は王都までの道案内を買って出ようとしたのだが、少年の知り合いの冒険者も同じように名乗り出てきたのである。

その中の一人にいけ好かない女冒険者がいたのだが、あれは間違いなく少年に対して並々ならぬ思いを持った顔をしていた。彼女と目が合った瞬間、私も彼女もこう思ったことだろう〝こいつは、敵だ〟と。

そんなこんなで争っていると、いつの間にか少年は王都へ向かってしまった。当然追いかけることになったのだが、私一人だけでは以前のように数の暴力で攻められればひとたまりもない。聞けばあの女が所属する冒険者パーティーはAランクらしいということで、ファーレン様は王都までの護衛依頼を彼らに出すことにした。

そして、道中あの女を探ったのだが、やはりあいつは敵であった。言動の節々に少年とよからぬことをしようという企みが含まれており、同性の私でも引いてしまうほどだ。

こいつは要注意人物として、今後も監視しなければならないと結論付け、十日後ようやく王都へと到着した。

また少年と会えることにわくわくしながらも、あの女が少年に余計な真似をしないよう見張っておかなければならない仕事が増えたことに、私は内心でため息を吐いた。

〜　Ｓｉｄｅ　メイリーン　〜

私はメイリーン。現在はAランクの冒険者として、現役で活動している一流の冒険者だ。

そう思って今まで冒険者をやっていたのだけれど、先生に出会ってその自信はものの見事に打ち砕かれてしまった。

先生との出会いは、街の近くにオークジェネラルが率いる群れが出たと一人の冒険者が寄こした情報を確認するため、その調査依頼を受けた時の顔合わせがはじめてだった。

最初はちょっと可愛らしい男の子だなというだけであったが、本当に先生の情報が正しいのかどうかということをパーティーの全員が疑っていた。

そして、今となっては愚かなことだとあの時の私を張り倒してやりたくなるんだけど、私たちは先生の実力を確かめるため先生と模擬戦をやったのだ。

結果は手も足も出ず惨敗し無様な醜態を晒すことになった。だが、それと同時にこの少年の圧倒的な強さがどこからくるのか知りたくなった。

たまらず私たちは先生に弟子入りを志願した。最初は断られたが、私たちになにが足りないのか教えてくれると言ってくれたので、その瞬間から私たちは弟子入りが許されたと思うことにした。

それから、弟子にしてくれたお礼として体で支払おうとしたら〝そんなものはいらん〟と突っぱねられてしまった。これでも体つきには多少なりとも自信があって、私の体をいやらしく見てくる男は少なくなかったのに、先生は眉一つ動かさなかった。

女性としてのプライドに傷つきながらも、先生を篭絡してやるという野望が芽生えてしまい。いつの間にか猛烈にアプローチを掛けてしまっている自分に気付いた。

弟子として冒険者として、そして一人の女として私の中での先生という存在はなくてはならない存在へと変わっていった。

あの可愛らしい横顔を見る度に、何度欲望のままに襲い掛かろうと考えたことか。だけど、不思議と軽くあしらわれる光景が頭に浮かび、まるで手に取りたくても触ることができない雲のようだと思ってしまった。

それでも、私は諦めず先生に物理的に突撃していったが、やっぱりことごとくいなされてしまう。私はこんなに先生のことを愛しているのに……。

もう先生で何度ベッドを汚したかわからないほど慰み事の回数が次第に増えていき、それが原因なのか気付けば胸の方もさらに大きく成長してしまった。

胸は揉まれると大きくなると言われてるけど、私の胸が大きくなったのは頭の中で何度も先生に揉まれる想像をしていたからかもしれない。

そして、ついに先生は魔族を撃退するという人類史上でも稀に見ない功績を挙げ、一つの街の英雄から国の英雄へと出世を果たした。

その功績を称えるため王都に呼ばれた先生と一緒に王都まで同行しようとしたのだが、同じ目的を持った公爵家の令嬢とその護衛の女騎士がやってきた。

二人を見た瞬間、私は本能的に察した。〝こいつらはいずれ私の邪魔になる女だ〟と。できれば、今すぐにでも氷漬けにしてやりたいところだが、相手は貴族の中でも最上位に位置する公爵家の令嬢だ。下手に手を出せば、国中のお尋ね者になり兼ねない。

だから、邪魔者を排除するよりも先に先生の心を射止めることを優先することにした。どうやら、先生はまだ子どもだから女の体に興味はないけど、いずれそういったことにも必ず興味が出てくるはずだ。その時は私のこのデカいおっぱいでイチコロにしてやるつもりだ。ふふふ……。

それから公爵家の連中と揉めていると、いつの間にか先生がいなくなってしまっていた。おそらく私たちを置いて王都へ向かってしまったのだろう。

すぐに追いかけようとしたが、公爵家の令嬢が私たちを王都までの護衛として雇いたいと言ってきたのだ。断りたかったが、貴族の依頼を断るとあとでどんな嫌がらせをされるかわかったものではない。それを恐れ、私たちは彼女の依頼を渋々だが受けることにした。

王都までの道中敵情視察として、彼女とその護衛の女騎士を探ってみたが、やはりあの女どもは先生にほの字らしい。同じ先生にほの字な私が言うのだから間違いない。

だが、いくら貴族の令嬢だからといってそう簡単に引くわけにはいかない。いずれ彼女らとは戦闘以外で戦うことになるかもしれない。

そんなことを考えながら護衛任務をこなし、ようやく王都へとたどり着いた。

「先生、今会いに行きます」

あの太々しくも可愛らしい顔を思い浮かべながら、私はかさついた唇を潤すように舌なめずりをし、件の獲物をどう手に入れるか思案に更けるのだった。

～Ｓｉｄｅ　ナガルティーニャ　～

魔族に釘を刺したあと、あたしはその足ですぐにローランドきゅんの元へと行きたかったが、ローランドきゅんとの約束を守るため、会いたいという気持ちを押し殺し、久しぶりの現世観光に赴くことにした。

あたしがこの世に生を受けてから早四百年以上が経過しており、その内の二百五十年以上をあのオラルガンドのダンジョンで過ごしていたのだから、新しい街ができていたりその逆であったはずの街が無くなっているなんていうリアルで浦島太郎状態を経験できたりする。

とりあえず、近くの街に転移して現代の街の風景を見て回るべく、遠見の能力を使って手ごろな街を見つけそこに転移する。

「うーん、夜だから誰もおらんのー」

時刻は夜のとばりが下りた漆黒の闇が包む時間帯で、この時間に営業しているのは宿屋か酒場か娼館くらいなものだろう。娼館……いや、あたしにはローランドきゅんという心に決めた人がいるんだ。我慢だナガルティーニャ！

「というか、娼館には娼婦はいても、娼夫はいなかったな……」

探せばいるだろうが、そこまで飢えているわけではないので、今日は黙って宿に泊まることにした。

「いらっしゃい、お嬢ちゃんみたいなのがこんな夜中に来るなんてねー。泊りかい？」

「うむ、とりあえず今晩だけ泊めておくれ」

「あいよー」

宿屋の受付にいたのは、ミサーナという妖艶な爆乳の女性だった。ちくせう、あたしも不老不死にならなければあれくらいとはいかないまでも、その半分くらいは大きくなったかもしれないんだぞ。ホントだぞ？

ミサーナの話ではこの街はラレスタという街らしく、これといって特に特徴のないごく普通の街とのことらしい。彼女から鍵をもらい、ひとまずその日はベッドで眠りについた。

翌日、朝起きるとすぐに朝食を食べ街へと繰り出すことにする。オラルガンドの街並みと比べればそれほど大きくはないが、中世ヨーロッパ調の建築が軒を連ねまさにファンタジーのそれだった。

こういうところは二百五十年前となにも変わっていない。文明の発展がないことを嘆けばいいのか、それともなにも変わっていないことを安堵すればいいのかあたしにはわからない。

適当に街をぶらつきキョロキョロと街並みを観察しているといつの間にか冒険者ギルドに着いていた。

特に用事もなかったが、昔のことを思い出し様子を見ようと入ってみるとギルド内は冒険者でごった返していた。

あの冒険者たちの群れの中には入りたくなかったので、そのままなにもせずに外へと出ていくことにする。

次に市場や広場などを一通り回ってみた感想としては、普通だということだ。特に昔の街並みと変わらず、物珍しいものもなにもない。この街にそういったものがないだけなのかもしれないが、それにしたってもう少しなにか興味をそそられるようなものが欲しいところだ。

「ローランドきゅんに会いたいな……」

早くもローランドきゅん成分が足りないことに一抹の不安を感じながらも、大人の女であるあたしがそんな子どものようなことは言えないのである。四百歳を舐めるんじゃない！

それから今日一日でラレスタの街を見て翌日には次の街へと出発した。特に目的地はないが、ここは大きく場所を移動するために隣国辺りに行ってみるのもいいかもしれない。

「よし、そうと決まれば行動あるのみだ！」

愛しのローランドきゅんとの約束を果たすため、あたしはその一歩を歩み出したのである。それから、再びローランドきゅんに会った時に彼を取り巻く環境が変化していることに驚くことになるのだが、それはまた別の話である。

〜 Side ???? 〜

「はぁ」

もう何度目かわからないため息を私は吐き出し、今日もあのお方のことを思いに更ける。あの凛々しい横顔に私の心臓の鼓動は大きな音を立てて鳴り響いている。

あの方にはじめてお会いしたのは、お父様とその方が謁見の場にて拝謁している最中でございました。

魔族を撃退したという冒険者が一体どのような人物なのか一目確かめたい一心で、私は誰にも見つからないようにこっそりと謁見の間に忍び込んだのです。

柱の陰からその方の顔を覗き込むと、そこには王子様がいました。キラキラとした金色の髪に緑色の瞳を持ち、お父様や他の貴族の方にも臆することなく堂々と話されている様は、まさに国を救った英雄のそれでした。

その堂々とした姿に私は雷に打たれた衝撃を受けたのです。これが一目惚れというものなのでしょう。

それからは、あの方のことを考えるだけで頬が赤くなり、胸が詰まるように苦しい症状に襲われるようになりました。ですが、不思議と嫌な感じではありません。

「ローランド様……」

まったく話したこともない殿方を好きになるなど、どうかしていると思うかもしれませんが、それほどまでにあの方は輝いて見えたのです。

このことはお父様にも、他のお世話をしてくれている給仕のメイドにも、誰にも話してはおりません。私の立場と冒険者であるあの方では、立場が違い過ぎるのです。

「せめて……せめて一度だけでいい。一度だけお話がしてみたいです」

そんな切実な願いを聞き届けてくれる者は、その場にはいないということを理解していながらも、そう呟かずにはいられません。

するると、突然ドアがノックされ、私がこの国でもっとも尊敬する人物であるお父様が入ってこられました。

「ティアラよ、突然来てしまってすまない。お前に会わせておきたい者がおるのだ」

「私の婚約者が決まったのですか？」

お父様の言葉に胸が締め付けられました。私にはローランド様という思い人がいるのです。そんな思いを抱えたまま他の誰かに嫁ぎたくありません。

「いや、できればお前を嫁がせたいが、おそらくは断られるのは目に見えているからな。だが、その者は我が友であり今後もあの少年の力が必要になる時が必ず来ると俺はそう思っている。だから、俺の娘であるお前と会わせておきたいのだ」

「わかりました。それで、その方の名はなんという方でしょうか？」

お父様が友と呼ぶ方であれば、私が断る理由はありませんが、名も知らないような方と会うのは失礼にあたるので、お父様に名前を聞くと予想もしない名前が返ってきたのです。

「お前も聞き及んでいるだろうが、先のオラルガンドの魔族襲来の件で多大な功績を挙げた英雄ローランドだ」

「っ!?」

お父様の口からその言葉を聞いた瞬間、私の体が熱くなり気が付けば気を失っていました。

神様が私の願いを聞き届けてくれたのでしょうか？　図らずもあの方と話せる機会が巡ってきたのです。私の名前はティアラ。シェルズ王国の第一王女でございます。

〜〜〜

〜　Ｓｉｄｅ　ナタリー　〜

ご主人様に恩返ししたいです。

〜　Ｓｉｄｅ　ウルル　〜

強いご主人の子どもが欲しいわふ！

〜　Ｓｉｄｅ　イーシャ　〜

ローランド君？　感謝しているけど、まだ子どもですからね。

〜　Ｓｉｄｅ　モリー　〜

オーナーの商人としての技術を学びたいです。

〜　Ｓｉｄｅ　レチカ　〜

オーナーはすごい人です。

〜　Ｓｉｄｅ　その他の女性たち　〜

ローランドきゅん可愛い〜

「うわあ！　はあ、はあ、はあ、はあ」

マルベルト領の領民たちを治療した翌日、妙な夢を見た気がして思わず飛び起きてしまう。あれから治療が終わったので、そのまま王都へ戻ろうと思ったのだが、家族に引き留められてしまいもう一晩だけ泊ることにしたのだ。

俺が使っていた部屋のベッドで眠りについたのだが、どうやら前日少々魔力を使い過ぎてしまったせいなのかはわからないが、夢見が凄く悪かったのである。

とにかく、顔を洗って朝食を食べた後、ようやくマルベルト家を出ることになったのだが、父ランドールはまだ病み上がりということで見送りには顔を出さなかったが、他の三人や体調が良くなった使用人たちは見送ってくれた。

「ロラン、あなたの家はここなんですから、いつでも帰ってきていいのですよ」

「ありがとうございます母上。マークのこともありますので、たまに様子を見に来ることにします」

「ロランお兄さま、本当に行かれるのですか?」

「すまないローラ。俺にはやるべきことがあるのだ」

「兄さま、いつでも帰ってきてください。兄さまが戻って来るのを楽しみにしています」

それぞれの思いを聞き届けた俺は、使用人たちからも別れを惜しまれた。どうしてそうなったかというと、俺がマルベルト家から追い出された後で、マークが使用人たちに真実を話してしまったからだ。

俺がマルベルト家を追い出すために工作を行ったことや、今までの素行の悪さも演技だということも話したが、最初は誰一人として信じなかった。

しかし、今回マルベルト家の危機にやってきた俺を見て、マークの言っていたことが真実だったと考えを改めた使用人が多かったのだ。

特に長年に渡って俺の世話係を務めていたターニャは、俺に平伏し俺の真意に気付かなかったことを心の底から謝罪していた。その勢いは凄まじく、自らの命をもって償うといい近くに置いてあった果物ナイフで自分の首筋を切って自決しようとしたのだ。

もちろん、ナイフは俺が全力で奪い取ったので事なきを得たが、止めていなかったら確実に自ら命を絶っていたことだろう。

「ロラン坊ちゃま、もう一度私に償いの機会をお与えくださいませんか？」

「そんな必要はない。お前の今までの俺に対する態度は俺がそう仕向けたものだ。むしろ見事に策略に嵌ってくれて感謝しているほどだ」

「ですが……」

自分がもっとも近い立ち位置で俺を見ていたにも関わらず、俺の本心に気付かなかったことが悔しいのだろう。前掛けを強く握りしめながら悔しそうな表情をターニャは浮かべる。

そんな彼女の真っすぐなまでの態度に感心した俺は、彼女にある頼みごとをすることにした。

「ならばこうしよう。本当に俺に申し訳ないと思うのなら、マークがマルベルトの領地を継いで当主になったら、使用人として支えてやってほしいんだ。ターニャがマークを見ていてくれると、俺も安心できるんだが？」

「は、はいっ！　私で良ければ、喜んでやらせていただきます‼」

俺の頼みに強く頷いてくれたターニャに俺は満足気に頷いてやる。他の使用人たちも、ターニャと同じようにこれからも誠心誠意マルベルト家に仕えると言ってくれたので、これでマークが当主になっても大丈夫だろう。

「よし、じゃあまたな」

マルベルト家の危機も去り、やることがなくなったため見送りに来てくれた全員に別れの挨拶を言って屋敷をあとにした。

見送りに来てくれた人たちから見えなくなると、すぐに瞬間移動を使ってオラルガンドの自宅へと戻った。

「ただいま、なにも変わったことはなかったか？」

「ムー」

自宅に戻ると、すぐに職人ゴーレムたちが稼働している工房へと赴き、なにか問題が発生していないか確認する。実を言えば、工房の確認はちょくちょく時間を見つけて瞬間移動で戻ってきてはいたのだが、ちゃんとした確認はしていなかったのだ。

どうやら、特に変わった様子はなく、俺が王都に出立する前と変わらずに働き続ける職人ゴーレムの姿がそこにあった。

俺がいなくても工房が稼働するように、王都に出発する前に空気中の魔力を吸い取って貯め込むシステムを構築していたことが功を奏したらしい。

自宅の方も問題なかったので、そのままグレッグ商会へと向かった。

「これは坊っちゃん、もう王都から帰ってきたんですか？」

グレッグ商会へと行くとグレッグが驚いた様子で迎え入れてくれた。まだ王都を旅立って半月も経過していないのだ。不思議に思っても無理はない。

「それよりも、在庫の確認だ。状況はどうなっている？」

「少々心もとなくなってますね。ぬいぐるみについてはグレッグ商会でも生産をはじめてますが、売れ行きが凄すぎて手が足りていません。他の商品についても在庫が厳しい状況です」

「わかった。とりあえず、またしばらく出掛けるから木工人形以外の商品は多めに納品しておく」

「助かります。それと、坊っちゃんがいない間グレッグ商会の繁盛を聞きつけて雇ってほしいと願い出る者が多数出ておりますが、どうしましょうか？」

今やグレッグ商会もオラルガンドで有名な商会として名が知れ渡りはじめており、働きたいと望む者が出てくるのも無理はない。だが、奴隷以外の雇用は余程信用のおける相手でなければ裏切られる可能性が高いため、人材を補充したいのであれば奴隷を買えと指示しておいた。

それから、木工人形のことを知った木工職人の何人かがグレッグ商会を訪ねてきたらしく、木工人形を作った人間と話がしたいと言ってきたらしいので、折を見て会うことにした。

商品の補充も済んだので、一度王都に戻り孤児院の様子も見て回る。こちらも特に変わった様子はなかったので、引き続きレリアンヌとイーシャの二人に任せておいた。

「さて、これで時間に余裕ができたから、あれを作ってみるとしよう」

そう呟きながら、俺は王都の屋敷へ戻ってあるものを作るため、一人で住むには無駄に豪華過ぎる使用人付きの屋敷へ戻った。

四章　国王からの依頼

「ローランド様、お帰りなさいませ」

「ただいま、なにか変わったことはなかったか？」

「いえ、特にはございませんでした。こちらお預かりした維持費となっております」

屋敷に戻った俺は、ソバスに出迎えられた。話を聞いてみたが特段変わったことはないとのことで、屋敷を出る前に渡していた大金貨十枚の残りを渡してくる。

それはなにかあった時のためにソバスに預けておくと言って、俺はソバスに大金貨の入った皮袋を突き返し、急ぎ敷地内にある工房へと向かった。

こちらの工房では、主にグレッグ商会に納品する商品の材料を錬金術が使える職人ゴーレムたちの手によって量産している。以前は実現できなかった空気中の魔力を動力源に変換できるシステムが実現できたことで、半永久的に錬金術を使い続けることができるようになっているため、物理的な介入か俺が指示を出すまで指示された素材を量産し続けるのである。

「よし、今日はあれを作るぞ。てことで、久々のローランドのイケイケメイキングのコーナー‼」

久しぶりの物作りとあって、少しテンション高めでお送りしておりますが、そこはご愛敬ということで一つよろしく。さてさて、今回俺がなにを作り出そうとしているのか、答えを先に言う前に今の料理の現状についての話をしていこうと思う。

現在、俺ができる調理の種類というのは大体二種類で、それは〝焼き〟と〝煮る〟である。前世の地球では料理における主な調理法として確立されている方法は四種類あった。先に紹介した〝焼き〟と

〝煮る〟の他にも〝揚げる〟や〝蒸す〟という調理法が存在している。

揚げるというのは、主に食物性の高温の油を使って調理する方法だが、現状魔物などの肉から動物性の油を抽出することはできるが、揚げるという調理に向いているのは動物性の油よりも植物性の油なのだ。

であるからして、現在〝揚げる〟という調理法は植物性食物油の欠如により実行が困難な状況となっている。

ならば、もう一つの〝蒸す〟というのはどうだろうか？　これは単純に蒸すための調理器具が存在せず、今まで他のことに気を取られ過ぎていたがために調理器具の開発を行う時間がなかったのが要因となっていた。

だがしかしだ。いろいろとはじめた新しい事業も軌道に乗りはじめ、自分の時間が取れるようになったため、このタイミングで〝蒸す〟という調理法を行うための調理道具の開発に着手しようと考えたのである。

「となれば、一番簡単なのはせいろだな」

せいろとは竹や木を編んで作られた蒸すために使われる調理器具で、主に中華料理によく使われているものだ。具体的な料理としては焼売や小籠包などが挙げられ、中からあふれ出す肉汁は、それはもう美味で……コホン、失礼話が脱線しかけてしまった。閑話休題。閑話休題っと。

そんなこんなで、今回はそのせいろ作りに取り組もうとしたのだが、問題なのはせいろ作りに向いているとされる竹がないということだ。この世界にも竹やそれに酷似した植物は存在しているだろうが、今のところ発見には至っていない。

だから、今回は最低限蒸し料理ができるレベルのせいろを通常の木で作ろうと考えている。ひとまず、ストレージから適当にぶち込んでおいた木を取り出す。ちなみに、この木は木工人形の材料としても使われる木だったりする。

「丸型と四角型があるがどっちがいいかなー？」

「ムー？」

スカル・ドラゴンの一件以来、ほったらかしにしていたプロトを久々にストレージから引っ張り出すと、好き勝手に徘徊しはじめる。徘徊に飽きてきたところでちょうど俺のところにやってきたのでさっきの質問を投げかけてやると、手を顎の辺りに持ってきて小首を傾げる仕草を取った。うん、お前はそれでいいよもう。

そういえばプロトで思い出したが、スカル・ドラゴンの時に使用したロボレンジャーがどうなっているのかといえば、現在クールダウン中でストレージの肥やしとなってしまっている。もっとも、ストレージ内での時間経過がないため、スカル・ドラゴンと戦った直後のまま時が止まってしまっているのだがね。いずれ引っ張り出して調整しなければなるまい。

再び俺の〝やらなきゃいけないことリスト〟に新しい項目が増えたところで、現実逃避するかのようにせいろを作っていく。とりあえず、今回は簡単な四角型のせいろをお試しで作ってみることにして、慣れてきたら丸型の方にも挑戦してみようと思う。……なんか、この調理器具も販売目的で作りはじめている気がするのは俺だけだろうか？

そんな細かいことは、どこか宇宙の銀河の彼方に放り出しておいて、さっそくせいろの外枠となる部分を作っていく。形自体は四角なので、パズルのように隙間なくはめ込む部分さえ気を付ければ基本的には簡単にできるはずだ。

ひとまず外枠部分をはめ込むためのはめ込み部分と、その相方となる突起のような形をした部分を加工し、四角の枠組みになるようにしていく。底面部分には、十数枚の薄目の木の板を紐で結んだ小さなすだれのようなものを敷けるようにするための数センチ幅の板留めを加工の時に作っておき、そこにそのすだれモドキを入れる。

あとは、同じものを数組作り他のものを積み重ねても空気が漏れ出ないよう注意しながら加工をして、最後に蓋となる部分を作ればせいろの完成である。

「一応できたが、はたしてせいろとしての機能を果たせるのだろうか」

前世の記憶の中にあるせいろのイメージを頼りに作っただけなので、はたしてこのせいろモドキが調理道具として上手く機能しているのかがわからない。となってくれば、それを確認する方法は一つしかない。

そうと決まればすぐに行動に移し、俺はその足で厨房へと向かった。道中使用人の何人かとすれ違ったが、その中に国王のスパイである正規メイドのステラとメイド見習いのマーニャの組み合わせであった。

俺の姿を見つけると、軽く会釈してくれた。そう言えばこいつらにスパイがバレてることを言ってなかったな……。国王には、スパイが潜り込んでいたことを話していたが、実際に潜り込んでいる二人にそのことを言ってなかった。最近いろいろと忙しかったからか、そのことを完全に失念していた。

「ちょっといいか」

「なんでございましょうか？」

「国王に伝言を頼みたい。正式にお前とマーニャの二人をこの屋敷の使用人として雇い入れたいから、いくらで譲ってくれるかと」

「おっしゃっている意味がわかりません」

「であれば言い換えよう。国王の間諜であるお前とマーニャを諜報に長けた使用人として正式に雇うことにした。だが、お前らは国王の直属の暗部だろ？　なら、お前らを引き抜くには国王の許可が必要だと思うんだが？」

「……」

俺の投げ掛けにステラは押し黙ってしまった。おそらくは気付かれていないとでも思っていたのだろうが、見た目の立ち居振る舞いなどから一般人としてごまかせても、俺の超解析のスキルはごまかされない。

「ま、お前たちが嫌ならば無理にとは言わん。だが、話だけは国王に持っていっておいてくれ。じゃあ、一応給金は払ってるから仕事サボるなよ？」

それだけ言って、俺は再び厨房を目指した。

「うおっ！　一体なんだ？　って、ローランド様!?」

厨房の扉を勢い良く開くと、その音に驚いたルッツォが目を丸くして驚いている。

「デーデー、デーデデー、デーデデー、デーデデー、デーデデー、デーデデー」

「その怪しげな歌はなんですか？」

「気にするな、ただの気まぐれだ」

「はあ」

俺は勢いよく開いた扉から、暗黒面に堕ちた光の剣を使って戦う騎士のテーマソングを口ずさむ。

ルッツォとのコミュニケーションはこれくらいにしてさっそく本題を切り出すとしよう。

「ルッツォ、先ほど新しい調理器具を作ってみたんだが、その調理器具の確認をしたいから厨房を借りるぞ」

「新しい調理器具ですか？　私も見せてもらってもいいでしょうか？」

「構わない。むしろその調理器具で新しい料理を作るから手伝ってくれ」

「畏まりました」

やはり料理のことに関しては興味があるのだろう、ルッツォが見学を申し出てきたので、せいろの試運転も兼ねて手伝ってもらうことにした。

蒸し料理でもっとも簡単なものは、じゃがバターだ。せいろで蒸したじゃがいもは、焼いたり煮たりする時と違いその旨味を内に秘めており、焼いた芋と煮た芋と蒸した芋ではその旨味に差が出る。

しかしながら、いまだにバターを入手できていないため、できれば早めに牛乳を手に入れたいところではある。

「ルッツォ、バターという調味料を知らないか？」

「バターですか？　聞いたことないですね」

「そうか、あと市場で食材を探しに行った時でいいから米と大豆がないか見ておいてくれ。見つけたらなにをおいても確保するように」

「わかりました」

そう言いつつ、さっそくじゃがいもをせいろで蒸していくことにする。作り方としてはとても簡単で、ただのじゃがいもを洗い芽が出ていないか注意しながらせいろの中にじゃがいもを投入していく。

底の厚めの中華鍋モドキに水を張って、その上にじゃがいもの入ったせいろを設置する。かまどに火を入れ、そのまま待つこと二十五分から三十分ほど蒸していく。水が沸騰し、その高温の湯気によってじゃがいもが蒸されていくことであの蒸しじゃがいもができあがるのだ。

大体二十分辺りで一度せいろの蓋を開け、木の串でじゃがいもを突き刺しちゃんと中まで火が通っているかどうかの確認をする。

　調理開始から三十分後、串の通りが柔らかくなりじゃがいもが蒸しあがったので、せいろをかまどから外し中のじゃがいもを皿に移し替える。

「本当ならここにバターを入れるのが定石なんだが、今回はマヨネーズにしておこう」

「あの不思議な白いソースですな」

「よし、できたぞ。食ってみろ……飛ぶぞ」

「はむ、ほふほふ……んぐっ、こ、これは‼」

　ルッツォがじゃがバターならぬじゃがマヨを食べ、目を見開き驚いたのを見た俺は、出来栄えの確認のためにさっそく試食する。

　アツアツのじゃがいもとマヨネーズの取り合わせは前世でもよくある組み合わせなので、まずいはずがない。むしろお互いを引き立て合い絶妙なハーモニーを生み出している。

「うん、うまいな」

「おいしいです。これが蒸すという調理法を使った料理なのですね」

「そうだ。蒸すことで旨味を中に閉じ込めることができるんだ。これも覚えてもらうからな」

「が、頑張ります……」

　また新しい課題が増えたことに頬を引きつらせながらも、その瞳には新しいことを学べる喜びの色が浮かんでいた。

　とりあえず、せいろモドキの機能性を確認できたので、ここからお遊び的な感じで肉まんを作ってみることにした。

　肉まん自体も難しい料理ではなく、中に入る肉と野菜を混ぜたものを小麦粉と酵母菌で作った生地に包み込んでせいろで蒸すだけのお手軽料理なので、すぐに完成した。

「はむっ、もぐもぐ……うん、うまい」

肉まんの完成度も申し分なく、前世のコンビニで売られていたものよりも味は劣るが、化学調味料などの余計なものが入っていない分、素朴な優しい味に仕上がっていた。

それから昼食の時間帯に向けて、人数分のじゃがマヨと肉まんを量産し使用人たちに振舞ったところ全員から好評を得たのであった。

ちなみに、肉まんとじゃがいもだけでは足りないと感じたので、手持ちの野菜を使って俺特製の野菜炒めも作ったのだが、これも全員がおいしいと言って食べてくれた。

これで新たに蒸し料理が追加されたことで、料理のバリエーションが増えたことは喜ばしいことではあるのだが、いまだに入手できていない植物性食物油や米・大豆などとの食材などまだまだ欲しいものは尽きないため、今後もそれらを入手すべく動いていこうと思う。……あれ？ 俺の目的って観光だったはずなんだが、いつの間にか食材探索に変わっているのは気のせいだろうか？ 気のせいですか、そうですか。

せいろは追加で作ってあるので、ルッツォの厨房にも何台か提供しておき、暇を見つけて練習するよう指示しておいた。

後日、ステラとマーニャのスパイコンビのヘッドハンティングの件について国王に呼び出しがあったので、その連絡を受けて国王のところに行ったら「俺にも肉まんとやらを食わせてほしい」と言ったので、仕方なく食べさせるとぺろりと四個を平らげてしまった。

それから、たまに料理を食べさせてほしいとお願いされたので、こちらの願いを可能な限り叶える〝貸し一つ〟という借金で了承してやった。よし、これで隣国との戦争になった時になんとかしてもらえるぞ！　まあ、いくら異世界とはいえ戦争なんてそうそう起きないと思うがな。……ないよね？

　肝心の引き抜きの件だが、ステラは年齢的にはまだまだ現役だが本人の意志で引き抜きをしてもオーケーとのことだ。見習いのマーニャに関しては、未熟ということもあり、今後の伸び代も期待されていることから一旦引き抜きは保留ということになった。まあ、潜り込ませたスパイが潜入先の人間に全員引き抜かれてはやってられないから、国王の判断としては正しいものなのだろうと納得する。

　去り際に、今度俺に会わせたい人物がいるから準備ができたらまた呼ぶと告げられた。一体誰なのかと思ったが、たぶん王妃か王女、あるいは自分の跡取りを紹介して俺との顔繋ぎをさせておきたいという狙いなのだろうと当たりを付け、この件に関してはそれで終了となった。


〜〜〜


　せいろを作った翌日、朝食を食べたあと俺は王都の外へと出掛けることにした。その目的とは、王都の周辺の地形の把握とそこにある新しい素材の探索を兼ねて一度王都周辺を見て回ることにしたのだ。

　シェルズ王国の王都ティタンザニアは、立場的にも地形的にも国の中心部としてその存在感を放っており、国中のありとあらゆる物資や人が集まる大都市だ。

　五角形の形に張り巡らされた王都を守る防壁の高さは十メートルにも及び、百万人以上もの市民の命を守り続けている。その五角形の一辺ごとに王都に入るための門があり、それぞれ街道が通っていて王国に属する貴族が治める領地に続いている。

　王都周辺は見晴らしのいい平原となっており、滅多なことではモンスターなども出ない平穏な土地柄となっている。仮にモンスターが出たとしても、定期的に兵士や騎士が訓練と称して周辺を巡回しているため、すぐに駆逐されてしまう。

そのため盗賊の類も寄り付かず、王都周辺は一定の安全が確保されている。そして、その安全性の高さから行商人や旅人なども安心して通行することができるため、日に王都を訪れる人の数はシェルズ王国の中でも迷宮都市オラルガンドよりも多いと言われている。

「あっちに行ってみるか」

特に目的の場所はないため、東西南北の順に回ってみることにする。

東側は平原と街道が続き、その途中で休憩ができそうな岩場があった。西側は綺麗な清流の川があり、ここも休憩を取る場所としては最適だが、特段目新しいものは見つからない。

南側は小高い丘がある丘陵地帯で、膝丈辺りまで鬱蒼と茂った草原が広がっていた。そして、最後の北側だが……。

「ふむ、森か」

そこには、一定の間隔で木々が生え揃った雑木林寄りの森があった。森というだけあってそこには森の幸があり、料理に使う香草や茸や果物などの食材などもあったが、そこでとある植物を発見した。

「これは……アブラナか？」

雑木林の先に進んでみると、開けた広い空間があり、そこに見覚えのある真っ黄色の花が咲き並んでいる。一つ手に取って解析してみたところこのような結果が表示される。

【イエロープラント】：黄色い花を咲かせる植物で、種子から油が取れる。取れた油は食用油として最適。

「いよぉっしゃあああああああ‼」

解析の結果に俺は思わず雄たけびを上げた。待ち望んでいた植物性食物油の原料となる植物を発見したのだ。

これを大量生産して油として加工すれば、新たに揚げるという調理法を広めることができる。まずはうちの屋敷で試験的に栽培して、次に孤児院でも育ててもらい。最終的には、国王にその話を持っていて大量に生産してもらうとしよう。国としても新しい調理法と油が手に入るので、文句はないだろう。

とりあえず、根こそぎ取っていくと二度と生えてこないかもしれないので、必要な分だけを摘み取りストレージへと放り込む。

「いいぞ、いいぞー。フライドチキンにフライドポテト、ポテトチップスもいけるな。あとは、天ぷらもできるし鶏のから揚げやトンカツも作り放題だ！」

俺が料理名をぶつぶつと口にしながら植物を刈り取っていく光景は、傍から見れば怪しいことこの上なかっただろう。だが、今その場にいるのは俺だけであり、仮に見られたとしても事の重要性を理解できない人間になにを言っても無駄なため、俺が気にすることはないだろう。

「ふうー、とりあえずこんなもんかな」

俺はその場に自生していたイエロープラントの三割程度を刈り取ると、残りはそのまま残しておくことにした。王都の周辺探索に来て、なんの成果も得られませんでしたと叫ばなくてもよくなったことに俺は安堵する。

そして、新たに手に入れたこのイエロープラントから取れる食用油を使って、どんな料理を作ってやろうかと頭の中で考えながら、俺はスキップで王都へと戻って行った。

余談だが、戻っている途中で瞬間移動を使えばいいということに気付き、苦笑いを浮かべる一幕があったことを伝えておく。

〜〜〜


「ドドリスはいるか！」

「そんな大きな声を出さなくても、聞こえてますぜローランドの坊っちゃん。それで、こんなところになんの用ですかい？」

屋敷に戻った俺は、速攻で庭師ドドリスの元に向かい事情を説明する。ストレージからイエロープラントを取り出しドドリスに手渡すと、怪訝な表情を浮かべながらしげしげと観察していた。

「これを庭の一角に植えたいってことですかい？」

「そうだ。適当に開いている場所はあるか？」

「そりゃ、この屋敷は広いですからね。畑の一つや二つ増えたところでまだまだ場所には余裕がありやすが、本当にこれを育てるんですかい？」

「そうだ。とにかく、これを植えてもいい場所を教えてくれ」

半信半疑ながらも自分の主人の言葉には逆らえないのか、首を傾げつつイエロープラントを育てる場所に案内してもらう。

案内されたのは、周辺にドドリスが管理している植物などはなく本当になにもない場所だった。確かにここであれば多少妙な植物を育てたところで問題はないだろう。

「ここだな」

「へい、ここでなら他の植物の成長を邪魔することもないでしょうし、問題ありやせん」

「そうか、ならさっそく植えてみるか」

ドドリスの言葉を聞き、俺はさっそくイエロープラントを植えてみる。植えると言っても、取ってきたものを直接植えるのではなく、錬金術を使って種の状態にしてからそれを植えるという意味だ。

待っている時間が勿体ないので、木魔法を使って成長を促進してやると、瞬く間にすくすくと成長し辺り一面が黄色い花で埋め尽くされた。

「うん、問題ないようだな」

「ローランドの坊っちゃん……これはいくらなんでも無理矢理が過ぎるんじゃあないんですかい？」

庭師のドドリスにとってなにか矜持に触れるものがあったのだろう、顔を歪めながら難しい表情を浮かべていた。だってすぐに結果がわかるんだからしょうがないじゃないか。

とりあえず、王都でも問題なく栽培が可能だという結果がわかったので、これ以降は庭師のドドリスに一任することにした。それを聞いたドドリスは最初渋っていたが、この植物を使って新しい料理ができるという話を聞くと、手のひらを返したように喜び勇んでいた。ふっふっふっ、料理の力は偉大である。

油として加工するにはまだ量が足りなかったので、さらに植える面積を増やし、木魔法で成長させて一定数のイエロープラントを収穫した。

一応確認のために二回目は時間を掛けて育ててもらい、一回目との差異がないか確認してもらうとして、俺はその足で工房へと向かった。


～～～

食用油を手に入れた数日後、唐突に国王に呼び出された。国王からの呼び出しがあるまでイエロープラントを栽培したり、孤児院の指導や屋敷の工房でいろいろと生産活動に勤しんだりと平穏ながらもそれなりに忙しい日々を送っていたところだったので、国王の突然の呼び出しには少し驚いた。

「わざわざ来てもらってすまんな」

「それで、一体どんな用向きだ？ 隣国が戦争を仕掛けてきたのか？ それともドラゴンでも出たのか？」

「……なぜその二択しかないんだ？」

国王の返答に、俺は肩を竦める。紛いなりにも魔族を撃退し、一応であるがこの国を救ったとされているこの俺を呼び出すということは、それなりの荒事である可能性が高い。でなければ、俺ではなく他の者に話が行っているはずだからだ。

他の者では適任者がおらず、俺を呼ぶ必要がある内容といえば荒事……つまりは武力で解決しなければならない問題であるということを意味している。そして、そのことから俺は隣国との戦争かドラゴンが襲ってきたという俺でないと解決できない問題の具体例を挙げてみたのだが、どうやら違ったらしい。

「このティタンザニアから南に行ったところに【マリントリル】という港町があるんだが、その町の沖合近くにオクトパスというSSランクの強大な力を持ったモンスターが現れたのだ」

さらに詳しく話を聞けば、そのオクトパスが現れてからというもの漁師たちは漁に出ることができなくなり、魚が取れずなんとか近くにある山の幸で食い繋いでいるという話だった。

こういった場合領主や町を牛耳っていた連中が真っ先に逃げ出すのがセオリーなのだが、マリントリルを治める領主は良識人であり、常に民のことを考える人間であるため、逃げ出すことは絶対にないと国王が太鼓判を押してくれた。

まあ、俺としては領主が良かろうが悪かろうが関係のない話だが、こちらの邪魔をしなければ問題はないので特に気にする必要もない。

「それで、そのオクトパスを俺になんとかしてこいということか？」

「簡単に言えばそういうことになるな。もちろん礼はする。どうだ、やってくれないだろうか？」

国を治める人間としては国内で起きた問題を迅速に解決する能力が問われるのだろうが、だからといってその問題をまだ成人していない子どもに押し付けるなどという鬼畜な所業をおこなってもいいのだろうか？……え？ 俺は子どもじゃないって？ ナンノコトカナ？ ボクハマダ、マダアソコニケモハエテナイヨ？

だが、これはチャンスでもある。港町ということは当然海がある、魚もいる、なにより襲ってきているモンスターはオクトパス……つまりはタコのモンスターだ。

「魚の仕入れとタコ焼きの材料調達か……ふむ、悪くない」

「なにを言っているのだ？」

「気にしないでくれ、こっちの話だ。それよりも、報酬の話だが、そのオクトパスは俺がもらっても構わないいな？」

「もちろんだ。モンスターを討伐したあとの素材の所有権は討伐者にある。それは当然の権利だ」

「では、オクトパス討伐の際は倒した死骸はこちらがすべて貰い受けるとしてだ。他の報酬についての話をしよう」

少々面倒な案件ではあるが、魚とタコ焼きの材料が手に入るのであればなんということはない労力だ。港町に魚を仕入れに行ったらタコがいたので、ついでにタコも取っていこうといった軽いものだ。

ＳＳランクのモンスターという話だが、おそらく戦う場所が海の上であるということと、詳しいオクトパスの情報はわからないとのことだったが、予想の範囲内であればクラーケンと同じく相当な巨体であることが話の内容から読み取れる。

人間が不利になる海の上という状況と、大きな体を持つ相手をしなければならないという悪条件が重なった結果、ＳＳランクに分類されているのではないかと当たりを付けた俺は、国王の依頼を受けることにしたのだ。決して魚とタコ焼きに釣られた訳じゃないんだからね……じゅるり。

　そんなこんなで、今回の依頼の報酬についての話し合いをした結果以下の条件で纏まった。

・報酬に爵位や領地を与えないこと（破れば他国に亡命するという脅し付き）
・商業区の中で一等地の土地を借り受けたい（タダで）
・御用商人の息子か弟子を紹介して欲しい

　最初の条件は、言うまでもなく貴族という面倒なしがらみ回避として提示させてもらった。国王は渋っていたが、他国に亡命するという脅しが効いたのか表立って反論することはなかった。

　そして、二つ目の報酬として商業区内にある王家が管理する土地の中でも一等地を要求したのは、もちろんこの王都でも商売をはじめたかったからだ。

　もちのろんだが、俺自身がその商売の責任者をやるのではなく、あくまでも出資者として裏方として暗躍する形を取りたいので、そこで三つ目の報酬として御用商人の次男か三男、あるいは弟子を紹介してもらい、そいつにその店の経営をすべて押し付けようという腹積もりだ。いわゆる、グレッグ二号が欲しいわけだ。

「本当にそんなことでいいのか？」

「十分だ。俺にとっては、港町に観光に行くついでにやるやっつけ仕事のようなものだからな。足りないというのなら、また大金貨を何百枚と適当な勲章をくれればいい」

「わかった。すべて整えておく」

　これで国王との話し合いは完了し、俺は各方面に情報を通達したのちオクトパスが出現したというマリントリルに向けて出発した。

王都を出てすぐに人気のない場所へと移動する。風魔法や聖光魔法を駆使し、光学迷彩的な感じで姿を見られないようにした状態での飛行でマリントリルへと向かう。

国王の話では、王都からマリントリルまで馬車を使って七日前後という話だが、飛んでいけばかなりの時間短縮になり、今日中にはたどり着けるだろう。

今の俺の姿を視認することができたなら、その人間は口を揃えてこう言うだろう。〝鳥だ！ 飛行機だ！ いや、あれは……スーパ――〟。詳しくはWebで。

透明な状態での飛行というとんでもチートをさり気なく使いこなすこと数時間後、ようやく漁港がある町【マリントリル】に到着する。ようやくといっても、通常の交通手段を使えば七日掛かる距離を数時間に短縮できているのだから、ここでの〝ようやく〟という表現は適切でないのかもしれない。

「いらっしゃい、マリントリルへようこそ……」

「なんか投げやりな感じだな」

「はは、そりゃ今この町で起きてることを考えればな」

「とりあえず、ギルドカードだ」

町の門兵にやる気がなかったのは、オクトパスが襲来しているからだと予想が付いていたので、それ以上はなにも言わずギルドカードを提示する。ギルドカードを見た門兵が「こんな子どもがAランク冒険者!?」と目を見開いて驚いていたが、すぐに平静を取り戻すと、ギルドカードを返却してくれた。

「し、失礼しましたっ！ まさか、Aランク冒険者様とは露知らず!!」

「気にするな。それよりもこの町でおすすめの宿を紹介してくれ」

どうせこの町にもあの法則があるだろうから、どうせだったら見てみたいというのが、元日本人の気質というものだ。それに今までのパターンじゃなかったらなかったで「違うんかい！」と突っ込みを入れなくてはならないので、それはそれでなんだか負けた気がするというどうでもいいことだが微妙に複雑な心境が渦巻いているため、ここは兵士におすすめの宿を紹介してもらうことにしたのである。

兵士が教えてくれたおすすめの宿は【夏のそよ風】という名前の宿で、海の幸をふんだんに使った海鮮料理がおすすめらしい。もっとも、今はオクトパス騒ぎで魚が取れないため、海鮮料理は食べられないらしいが。

「これは、早くタコ焼きの材りょ……もとい、オクトパスを狩らねばなるまい。そして、タコやk……マリントリルを救うのだ‼」

若干マリントリルを救うという目的とは別の目的に重点が置かれている気がしなくもないが、結果的にオクトパスを狩ればマリントリルも救われるので、そこについては完全に黙殺することにした。

兎にも角にも、拠点の確保が重要ということで兵士の紹介してくれた【夏のそよ風】へと向かったのである。

「いらっしゃい、一人かい？」

「ああ、とりあえず食事付きで一泊分頼む」

「はいよ、今はちょっと事情があって魚料理が出せないからそれ以外の料理になっちまうけど構わないね？」

「ああ、問題ない」

「じゃあ、大銅貨八枚だね」

兵士に勧められた【夏のそよ風】という宿にやってきた俺は、すぐにチェックインを済ませる。受付にいたのは、やはりというべきかもはやお約束というべきなのだろうが、三十代くらいの美女だった。

　今まで出会ってきた宿の女将の見た目そのままでその場にたたずむ様子は、何度も見た光景であり、それを俺が見間違えるはずがなかった。

「私はこの宿の女将をやってるムサーナっていうんだ。坊やの名前はなんて言うんだい？」

「俺はローランドだ。冒険者をやっている。ところで、ミサーナ・ネサーナ・ヌサーナ・ノサーナという名に聞き覚えはあるか？」

「なんだい、うちの親戚たちを知ってるのかい？」

……やはりな、まあ疑ってたわけじゃないが念のための確認というやつだ。……こんな同じ顔をした美女が何人もいてたまるか。世界は狭いとかよく言うが、物には限度ってもんがあるんだ。

　それから、俺はムサーナに今までいろいろな街を旅してきたことを話し、その道中で泊まった宿で彼女の親戚たちに世話になったことを伝えた。

「うちの親戚たちが世話をしたお客さんだから、うちとしてもこの宿名物の魚料理を振舞ってやりたかったんだけどね……」

「オクトパスか」

「そうさ。あの化け物ダコが現れてからまともな漁ができなくてね。今じゃ魚はほとんど出回ってないよ」

　ほうほう、そうですかそうですか。この俺が、この俺様が来たからにはもはや奴は茹で上がったタコになる運命にあるのだが、予想していたよりもオクトパス出現の被害が大きく出ているようだ。これは、討伐を急がねばなるまい。急がねばなるまいが、まずはアレを確認しないことには俺の気が済まないので、確認のためにムサーナに聞いてみた。

「そういえば、ムサーナには娘とかいないのか？　もしかしてムーナっていう名前じゃないか？」

「なんでうちの娘の名前を知ってるんだい？」

「ですよねー」

うん、この法則は守られているようだ。感心感心。これでいなかったら、この世界を管理する神的な奴にクレームを入れている所だ。

そんなことを考えていると、食堂の方からムサーナの娘と思しき年若い少女が近づいてきた。だが、生物学おいて言えば同じ遺伝子を持っていたとしても、育つ環境によっては同じ見た目でも成長の過程に齟齬が生じることがあるようだ。

そこにいたのは、確かに今まで見てきた女将の娘の見た目をした少女であったが、今まで見てきた宿屋の娘たちとは絶望的に違っているものがあった。それがなんなのかと言えば……。

（デカいな……。海という環境がアレを育てたのか？　E……いや、あの年で胸部装甲Fクラス……だと!?）

今までの宿屋の娘たちの胸部装甲は、CからDが精々であった。だが、Eの壁を越えFの壁に片手を掛けている少女が目の前にいたのだ。……なぜ胸部装甲の数値がわかるのかって？　男なら胸部装甲スカウターは標準装備だ。常識なんだ。目覚めていないが、その能力は備わっているのだ。それで納得しろ。

「あのー？」

「うん？」

そんなどうでもいいことを考えていると、ムーナが怪訝な表情を浮かべていた。いかん、胸を凝視していたことがバレたか？　女の子はこういう視線には敏感だというし、嫌な思いをさせてしまっただろうか？

「ぼーっとしてましたけど、大丈夫ですか？　どこか体の具合が悪いんじゃ」

「いや、ただぼーっとしていただけだから気にしないでくれ」

「でも……」

「ムーナ、覚えときな。男が女の前でぼーっとするのは、大体女の胸やら尻やらを見てるときさね。どうやら、うちの娘は坊やのお眼鏡に適ったようだね。ムーナ、あんたももうすぐ成人するんだから男の一人も捕まえて来ないといけないよ。ほれ、物は試しだ。坊やにその無駄に大きくなった乳を揉ませてやりな」

「お母さん‼」

やはり年の功なのか、俺の視線がどこに向いていたのかその僅か一、二秒の間に察したようだ。まあ、あの豊満な体を持った女性の血を引いているのであれば、あれくらいの体つきになってもおかしくはないが、物は試しで自分の娘の乳を揉ませる母親はどうかと思いますよ？　まあ、ムーナがどうしてもというのならば、こちらとしても断る理由はないが……まだ下が反応しないんだよなー。

「大体、物は試しってなによ！　あたしの体はそんな安くはありませんっ‼」

「ふんっ、盛りの付いた男女の喘ぎ声を聞きながらやってるお前にそんなことを言う資格はないさね！」

「えぇー、な、なんで知ってるのよー‼」

若い娘の性事情を聞かされ居たたまれない気分になった俺は、いまだに親子喧嘩を続けている二人の元を気付かれないよう去って行った。ああいうのは、家族の団欒の時にだけにしてほしい話だとつくづく思った。

ムサーナに指定された宿の部屋番号のドアの鍵穴に鍵を差し込み部屋に入る。部屋は、これまたよくあるクローゼット・テーブルと椅子・一人用ベッドの三点セットで構成された内装をしており、特段物珍しいものは置いていない。

「ふう、なんか宿に来ただけで疲れたんだが。飛んできたから体力は有り余っているはずなのに……」

最近覚えたステルス飛行による移動方法によって時間短縮をしながらやってきたので、直接街道を身体強化で走らなくてもよくなっていたのだが、なぜか気疲れが激しいのはなぜなのだろう。もっとも、その気疲れの原因がなにかは理解しているが……。

とりあえず、ベッドに腰を下ろし今後の予定としてまずやらねばならないことを確認していく。宿に来るまでの道中は、オクトパス襲来によって暗い雰囲気に町が包まれているのを感じた。自分が住む町に強大なモンスターが陣取ってしまえば、住人としてはいつ襲ってくるかわからない不安を抱えたまま生活しなければならないため、安心して生活することは難しい。その不安からくる暗さというのはわかるが、こうも雰囲気が暗いと今生の人生目標に世界観光を掲げている俺としては見過ごせない案件ではある。

だが、それよりも先にまだ確認していないもう一つのアレを確認しなければならないのである。それがなにかはもうわかっているだろうが、とりあえず少し休ませてくれ……。

ムサーナ親子によって生じた気疲れをある程度まで回復させた俺は、部屋に鍵を掛け、その鍵をムサーナに預けたあと、冒険者ギルドを目指した。

しばらく通りを歩き続け広場のような開けた場所に出ると、正面に剣と盾のマークが描かれた冒険者ギルドの看板が目に飛び込んできた。迷わずギルド内に入ると、突然耳をつんざくほどの怒声が響き渡ってきた。

「ふざけるんじゃない！　あんな化け物と戦うなんて、俺はまっぴら御免だ‼」

「無理を承知で言っているのはわかっています。ですが――」

「俺たちにでも討伐が可能なモンスターならば、俺たちも喜んで依頼を受けよう。だが、オクトパスなんて化け物を相手に戦うなんて、俺たちに死ねと言ってるようなもんじゃないか‼　悪いが、俺はまだ死にたくないんでね。この依頼断らせてもらう」

「あっ……」

怒声を放っていた男性冒険者の言葉を皮切りに、他の冒険者たちもギルドを出ていってしまう。内容としては大体予想は付くが、確かに並の冒険者ではまず歯が立たない相手だろうしな。

そんなことよりもだ。俺の目的はあの子とあの子とあのハゲだ。さあ、ここの巨乳眼鏡のお姉さんはなにアンさんなの？　その後輩はなにコルなんだ？　そして、解体場責任者のハゲおっさんはなにルドなんだ？　教えてたもれ～。

「すまないが、聞きたいことがある」

「ああ、いらっしゃいませ。なんでしょうか？」

「コホン、あなたのお名前なんてぇの？」

「はい？」

偶然にも先ほど出ていった冒険者の相手をしていたのが、巨乳眼鏡お姉さんの彼女だったのだ。だから思い切って聞いてみたのだが、どうやら唐突に名前を聞かれたことを不審がっているようだ。

そりゃ子どもとはいえ見も知らない相手に、いきなり名前を聞かれて素直に答える馬鹿はいないだろう。例えそれが冒険者風の格好をした子どもだったとしてもだ。

「いきなり不躾だったな。俺はローランドだ。冒険者とやっている」

「私はこの冒険者ギルドの職員をしております。モリアンと申します」

「モリアンね。まあ、順当だな」

「あの、さっきから私の名前を気にしているようですが、なんなのでしょうか?」

「ああ、気に障ったのなら謝罪しよう。実はな……」

俺は今までの経緯を話し、この冒険者ギルドにも眼鏡を掛けた名前にアンが付く同じ顔の巨乳お姉さんがいるのではという疑惑を確認すべくやってきたことを説明してやった。それで納得がいったのか、今度はモリアンから詳しい話をしてくれた。

「私たちの一族は、代々冒険者ギルドの職員として冒険者たちを支えてきた家系らしいです。その歴史も長いんですが、最初の初代のご先祖様が受付嬢になった目的は〝生涯の伴侶を見つけるため〟という理由だったそうですよ」

「要は婚活目的でギルド職員になったのかよ……」

まあ、こういった長く続いてるところの家の初代の経緯なんて、大抵がそれほど大した理由もなくただなんとなく成り行きでそうなったというものが多いのだが、この子のご先祖様も相当切羽詰まっていたのだろうか?

「それがいつの間にか私たちの一族の家風みたいなものになりまして、自分の伴侶は自分で見つけるという名目で一族のほとんどが冒険者ギルドの職員となってます」

「だから、どこのギルドに行ってもアンアン一族がいるのか……なるほどな」

「そのアンアン一族って言い方止めてもらえませんか?」

どうやら俺が付けた一族の名前はお気に召さなかったらしい。もとから可愛らしい顔を、頬を膨らませることでさらに可愛らしい顔へと変貌させていた。

とりあえず、このギルドのアンアン一族の名はモリアンだった。ならば次はコルコル一族の末裔がいるはずだ。さて、なにコルなのか確認といこうじゃないか。

「じゃあ止める代わりに、このギルドのハゲハゲ一族とコルコル一族を紹介してもらおうか？」

「なんだろう、言ってることは意味不明なのに、それで理解できる私がいる……解せません」

そんなことは俺の知ったことではない。むしろ俺の言葉で理解してしまった方に非があると俺は思う。そんな取り留めのないことを考えていると、モリアンが紹介するまでもなく、話の渦中の人間が寄ってきた。

「先輩、この書類なんですけど？」

「ああ、これはあっちに持っていって頂戴。それから、あなたにお客さんよ」

「お客ですか？」

突然の来客に、小首を傾げる少女が俺の方を見る。そりゃ、心当たりのまったくない来客なのだから仕方のないことだろう。

「失礼、俺はローランドという冒険者だ。突然ですまないがあんたの名前を教えて欲しい」

「はあ、あたしの名前はイコルっていいます」

「……戻ったな」

「はい？」

そういえば、最初に出会ったコルコル族はニコルだったな。であれば、イコルがいても不自然ではない……のか？

とりあえず、この町のコルコル族はイコルという名前が判明した。そして、最後にハゲハゲ族を紹介してもらおうとして口を開きかけたその時、またしても怒鳴り声が響き渡った。

「こらぁイコル！　何度言ったらわかんだよ⁉新人のところばかりに解体するモンスターを振り分けてんじゃねぇ‼俺んとこに持ってこいって何度言えばわかるんだ。この小娘が！」

「あらあら、ごめんあそばせー。モンスターも、あなたのような頭がお寂しい方に解体されたくないと思いまして、考慮して差し上げたまでですが、それのなにが問題だというのです？」

「だから！　俺はハゲてねぇっつってんだろうがよ‼　剃ってんだよこれは！　この頭は剃ってるんだよ‼」

いきなり現れたハ g……もとい、イコル曰く頭のお寂しい中年の男性が現れる。そして、その容姿にもどことなく既視感があるのはもはや気のせいではないだろう。

「ちょっといいか？」

「うん？　坊主はなんだ？　駆け出しの冒険者……にしては雰囲気があるな」

「俺はローランドという冒険者だ。突然だが、おっさんの名前を教えてくれ」

「ん？　俺の名前か？　俺はピカルドだが」

「そうか、どうやら邪魔をしてしまったようだ。また出直すとしよう」

三人とも俺の不可解な行動に怪訝な表情を浮かべている。そりゃ、突然名前を聞かれて名乗ったらなにか妙な納得をされて去って行く人間が現れれば、妙な奴だと思うのは仕方のないことであろう。

だが、これでこの町のアレをすべて確認し終えることができたので、次はオクトパス討伐といきたいところであるが、まずはこの町の領主に話を通さねばならない。しかし、旅の疲れ……はないがなにか妙な気疲れを起こしているため、今日は大人しく宿で早めの休息を取ることにしたのであった。

〜〜〜

マリントリルにやってきた翌日、俺はこの町を治めている領主の屋敷を訪ねた。目的は、国王の依頼でオクトパス討伐をするために俺がこの町へやってきたことを連絡するためだ。

国王の話では、マリントリルを治める領主は領民を大切にし、人柄も良く非の打ちどころのない人格者だという話なのだが、実際に会ってみるまではわからない。ならば、会ってみればいいだけのことだ。

「ここはこの町の領主であるバットガイ様の屋敷だ。子どもがこんなところになんの用だ？」

「バットガイって……」

……なんだろう。人を見た目で判断してはいけないというが、名前でも判断してはいけないと言われているような気分になってきている自分がいるのは気のせいだろうか？

そうだ。〝名は体を表す〟とか〝看板に偽りなし〟とか〝名実一体〟とか、昔の人は名前というものはその人の中身を表しているという言葉や四字熟語が存在するが、決して名前と中身が一致するなんてことはないと思う。否、思いたい。

早くも領主に会う気が失せはじめてきた気がしなくもないが、一応この町の責任者には話を通しておかなければならないと国王に言われており、さらにそのための書状も受け取ってしまっているため、領主に会わないわけにはいかないのである。

勝手に討伐して勝手に帰るという強行策も取れなくはないが、それをすると魚を仕入れる時間がないため、ほとぼりが冷めるてから再びこの町にやってくるのではしばらく時間が掛かってしまうだろう。

「国王陛下からの書状を持ってきた。領主に取次ぎ願いたい」

「国王陛下だとっ⁉……しばし待て」

頭の中で最適解を導き出し、ここで領主に会っておく選択を取った俺は、ストレージから国王の書状をちらつかせながら門番にそう言い放った。

子どもの言うことだからと強気に突っぱねるのかと思いきや、意外にも上の人間に確認を取りに行くようだ。まあ、俺としては領主に会えるのなら問題ないので、しばらく待つことにする。

すぐに執事らしき人物がやってきたので、門番と同じ内容を伝え国王の書状を執事に手渡す。最初は不審がっていた執事も、王家の紋章の入った封蠟を見た瞬間顔色が変わり、態度も急変した。

「大変失礼いたしました。こちらへどうぞ」

その急変ぶりに多少戸惑いはしたが、とりあえず中に入れたので特に文句などはない。領主の屋敷はこの町で一番高い場所に建てられており、二階のバルコニーから町が一望できるようだ。

執事の案内で応接室へと通され、メイドの入れてくれたお茶とお菓子を堪能しながら待つこと数分後、領主と思しき四十代くらいの中年の男性が入ってきた。

「失礼する」

「あんたが、この町の領主か？」

「そうだ。俺の名はバッドガイ・フォン・ウミガイヤー子爵という」

「……海が嫌？」

ちょっと待て、いろいろ待て。バッドガイで海が嫌な領主……だと？　いや、名前だから実際悪人で海が嫌とは限らない。うん、ここは確認するべきだろう。

「俺はローランド。冒険者をやっている」

「国王陛下の書状に記載されていたが、貴殿が魔族を退けた英雄殿とはな。人を見た目で判断してはならないとはこのことだな」

「あんたが言うと妙に説得力があるな。ところで、子爵閣下に聞きたいことがあるんだが？」

「そんな堅苦しい呼び方はやめてくれ。バッドガイで構わない」

「なら遠慮なく。バッドガイ子爵は、いい領主だと国王から聞いているが実際のところどうなのだ？」

初対面の人間に聞くにしては、あまりにあまりな質問にバッドガイも嫌な顔を浮かべるだろうと思っていたが、存外にしれっと質問に答えてくれた。

「いい領主かどうかはわからぬが、今この町は危機に瀕している。それをなんとかしたいと考えているくらいには俺はこの町と領民たちを愛している」

「そうか。じゃあ、海は好きなんだな？」

「もちろん大好きだ」

〝じゃあなんで、バッドガイで海が嫌な名前なんだ‼〟と突っ込みそうになったのを辛うじて喉の奥で押し留めることに成功した俺だが、このなんとも言えない微妙な気持ちだけはまだ拭いきれてはいない。

それから、この町がどれだけ素晴らしいかというバッドガイの言葉を聞いていたが、名前と本人の人となりがあまりにちぐはぐ過ぎて彼の話している内容がまったく入ってこないという事態に陥ってしまった。

それでもなんとか名前を気にしなければいいということで、俺の中で彼をグッドマン・フォン・ウミガスキーという名前に変換することで、ようやくまともに話を聞ける態勢を取ることを維持していた。

「それで、国王の書状に君がオクトパスを討伐するとあったのだが、本当にあの化け物を倒せるのか？」

「その点については問題ないと考えている。いつ討伐すればいい？」

「簡単に言ってくれるな。まあ、倒してくれるのならできるだけ早い方がいい。もう魚介以外で町の食料を支えるのが難しくなってきていたところだ」

「じゃあ、明日の朝に討伐に行くとしよう」

「本当か⁉ ならば、なにか必要なものがあったら遠慮なく言ってくれ。このバッドガイ・フォン・ウミガイヤーの名に懸けて揃えて見せよう」

台無しである。せっかくいいことを言ってくれているのにも関わらず、その名前を口にした瞬間急激に彼の言葉が薄っぺらくなった錯覚を覚える。

とにかく、領主との話し合いも済んだので、適当に話を切り上げて俺は領主の屋敷をあとにした。

オクトパスを討伐したあと、報告のためまたここに来なければならないことを思うと、少しだけ微妙な気持ちになるが、魚とタコ焼きのためにもここは頑張りどころだと自分に言い聞かせ、明日の討伐に向けて今日も謎の気疲れを残さないように今日も早めに休むことにした。


～～～


領主との顔繋ぎを行った翌日、俺は朝の支度を済ませ海へと繰り出した。

本来であれば、この時間帯には漁師などで賑わっているはずの港には、人がほとんどおらず静寂が港全体を支配していた。

それでも、船のメンテナンスのために人が出入りしているようで、港には今すぐにでも漁に出掛けられるよう船着き場に船が所狭しと並んでいる。

オクトパス襲来からしばらく時間が経過しており、海以外からの食料調達が限界に近づいていることの状況では急いで討伐に向かった方がよさそうだ。

「さて、じゃあいっちょタコ焼きの材料を回収しに行くとしますかね」

他の人間にとっては驚異的なモンスターでも、俺にとってもっとも恐ろしい相手は師匠モドキのナガルティーニャくらいだ。あれよりも強くて恐ろしい相手を探す方が難しくなっているこの状況で、たかだか海の中にいる八本足の軟体生物風情では役不足も甚だしいのである。

　飛行魔法と透明になる魔法を自身に掛けつつ、オクトパスの反応らしきものがある沖合の方へと進んでいく。あたり一面綺麗な青い海原が広がっていて、神秘的な大自然の美しさを改めて痛感させられる。

　自然は時に牙をむいて襲ってくるが、こうして見ているとやはり自然というのはかくも美しいものであると詩人的な感想を抱いているうちに目的のポイントに到着する。

「この下にいるな」

　そこは特段目立ったものはなく、地上的にはなんもない場所だ。オクトパスにとって居心地のいい場所なのかはわからないが、その場所に留まる理由でもあるのだろうか。

　そんなことを考えていると、俺の気配を察知したようでオクトパスが海底から姿を現す。その大きさは実に三十メートルは下らないかというほどの巨体を持ち、タコの特徴である長くうねった八本の足を自由自在に操っている。

「小さな気配を察知して来てみれば、人間の小僧ではないか」

「……喋れるだと？　モンスターだと聞いていたが？」

「ふん、我ほどのモンスターになると人の言葉を操るなど造作もないわ。それに貴様ら人間が我らを格付けしておるようだが、その格付けで言うところのＳＳに入っている連中は軒並み人語を理解し操れるほどの知恵と自我を持ち合わせておるわ」

「うん？　だが、スカル・ドラゴンもＳＳだったが、喋らなかったぞ？」

「小僧、スカル・ドラゴン、彼奴と会ったのか？」

　オクトパスの口からモンスターのランクに関する有益な情報を得られたが、その情報で解せない点がいくつか浮上した。

俺が最初に出会ったＳＳランクに分類されるモンスター、スカル・ドラゴンの存在である。元々スカル・ドラゴンはオラルガンドのダンジョンに封印されていたようで、それを魔族の眷属が復活させてしまったことで出会ったのがきっかけなのだが、その時は唸り声を上げるだけで人の言葉を話したりはしなかった。

その他にも、俺がナガルティーニャのところで修行を終えたあとに戦った二百五十階層クラスのモンスターの中にも、ＳＳランクに分類されるモンスターがちらほらいたが、そいつらも人の言葉を話すなんてことは一切なくただ馬鹿みたいに吠えるか唸り声を上げるだけだったのである。

「彼奴、スカル・ドラゴンはな。元々我と同じ狡猾な知性を持ち合わせた凶悪な邪竜だったのよ。だが、貴様ら人間たちの手によって封印され、その長き年月によってアンデッドに変貌を遂げたのがスカル・ドラゴンなのだ。だから、もはや死という概念の先にいるスカル・ドラゴンが元々持っていた人語を操る能力を失ってもなんら不思議ではない」

「では、ダンジョンにいる人語を話さないＳＳランクのモンスターについてはどういうことなんだ？」

「あれはダンジョンが生み出したただの模倣的なモンスターであって、ダンジョンの外で生まれたモンスターではない。それゆえ、知性の欠片もなくただ唸ることしかできない木偶の坊よ。もっとも、そんな木偶の坊でも人間からすれば、価値のある素材を落としてくれる存在であることは変わりないがな」

「なるほどな。なかなかいい話が聞けた。礼を言おう」

「そんなものは不要だ。なぜなら、貴様はこの我によって亡き者にされてしまうからな‼」

貴重な情報をもらえたことに対する感謝の言葉を述べたのだが、どうやら知性は合っても品性はなかったようで、いきなりその巨大な触手の一本を俺に振り下ろしてきた。

しかしながら、そんな大振りな攻撃が俺に当たるわけもなく、悠々とオクトパスの触手をかわし再び元の位置で浮遊する。それを見たオクトパスが驚愕の感情を露わにする。……表情はモンスターだからわからんがな。

「ほほう、人間の分際でなかなかちょこまかと動くじゃないか」

「そっちこそ、モンスターの分際でその程度の攻撃しかできないとは。所詮は人の言葉を話せるだけの存在でしかないようだな」

「抜かせ‼」

それから、オクトパスの触手による本気の振り下ろしが雨のように降ってくる。八本の足から繰り出される連続攻撃は、機動性に優れた鳥型のモンスターであっても完全に回避することは困難を極める。

「ま、こんな攻撃あのロリババアの超絶弾幕に比べたら、スローモーションだけどな」

かつてナガルティーニャの元で修行していた頃、相手の攻撃を避ける練習だと宣いながら、致死レベルの攻撃魔法をまるで砂を投げつけるように数千発も叩き込まれたのは、今となってはいい思い出である。……んなわけあるか！　マジで死にかけたわ‼

それに比べれば今のオクトパスの連続攻撃など隙だらけもいいとこで、あの弾幕を経験している俺からすれば、どうぞ避けてくださいと言っているようなものなのである。

常人には到底かわしきれない触手攻撃を、まるで昼下がりのティータイムを楽しんでいるかのような涼しい顔でかわしながら、ここで俺の日頃の癖が出ていることに気が付き、慌てて相手の能力を調べる。そう、戦う前に相手の能力を調べることを忘れてしまう癖である。

圧倒的なまでに強くなり過ぎてしまったがゆえに、自分よりも格上の存在は一人を除いて存在しないという強者の驕りが、相手の能力を調べずに戦ってしまうという油断を生んでしまっているのだ。

（いかんいかん、この癖は直すべきだな）

〝油断大敵、火がぼうぼう〟なんていう慣用句もあるわけだし、戦いにおいて相性の悪い相手というのも必ず存在する。俺は万能ではあるが、決して無敵ではないのだから……。

己の油断を改めて再確認できたところで、解析を使ってここでようやく相手の能力を調べる。すると、こんな結果が返ってきた。

【名前】：オクトパス
【年齢】：八八三歳
【性別】：不明
【種族】：水生族・クラーケン族
【職業】：なし（ＳＳランク）
体力：十三万七千
魔力：十八万一千
筋力：ＳＳ
耐久力：ＳＳ＋
素早さ：ＳＡ＋
器用さ：ＳＡ－
精神力：ＳＡ
抵抗力：ＳＳ－
幸運：ＳＢ－
【スキル】：　身体強化・改ＬｖＭＡＸ、魔道の心得Ｌｖ９、水魔法ＬｖＭＡＸ、氷魔法ＬｖＭＡＸ、嵐魔法ＬｖＭＡＸ、霧魔法ＬｖＭＡＸ、超集中Ｌｖ７、威圧Ｌ９、魔法耐性Ｌｖ９、物理耐性Ｌｖ９、毒無効ＬｖＭＡＸ、幻惑無効ＬｖＭＡＸ、パラメータ上限突破Ｌｖ１、墨吐きＬｖＭＡＸ、水潜ＬｖＭＡＸ、再生Ｌｖ８

【状態】：なし

ふむふむ……まあわかってはいたが、それほど大した奴ではないようだ。海のモンスターというだけあって水系統の魔法に特化していること以外に特にこれといった能力はもっていないらしい。

強いて言うのならば、再生のスキルを持っているのが少し気になるところではあるが、さすがにゼロからの再生はできないだろうから存在そのものを消滅させれば問題はないと思う。

「そうだ。いいことを考えたぞ……」

オクトパスの能力を見て、あることを思いついた俺は、さっそくそれを実行に移すことにした。検証である。

――ズバッ、シュポンッ。ズバッ、シュポンッ……。

ただただひたすらに斬撃音となにかに吸い込まれる音が海上で響き渡る。言わずもがな、俺がオクトパスの触手を切り取りストレージに回収する音である。

「すみませぇーん。あのー、許してもらえませんかね？」

「うん？」

あれからオクトパスの持つ【再生】というスキルに目を付けた俺は、このスキルを使えば永久に触手を入手することができるのではないかと考えたのだ。いわゆる一つの、無限機構である。

特定のアイテムを組み合わせることによって、無限にアイテムを入手し続けることができる施設を作ることが可能な有名なゲームが存在する。これはそれを参考にして検証した結果だ。

もっとも、今回使っているのはアイテムではなく、【再生】というスキルを持ったモンスターで、その体の一部が食材であるとわかっているからこそできた検証であるのだが、細かいことは気にせずタコ焼きの材料であるタコを回収していく。

最初の五分くらいは虚勢を張って「そんな攻撃が我に通用すると思っておるのか！ハハハハハ」と強気な態度だったオクトパスも、それが三十分、一時間と続けば肉体的には再生しても精神的なダメージまでは回復してくれなかったようで、今では最初の強気が嘘のように攻撃をやめてほしいと懇願していた。

「なにを甘っちょろいことを言っているんだ？あと二時間はこれが続くぞ？だから、お前に頼みがある。絶対に死なないでくれ。いや、仮に死にかけても問題ない。俺の回復魔法で癒してやるからな……」

「ひぃー、おっ、お助けぇー」

「【ストーンウォール】……どこへ行こうというのかね？さあ、楽しい楽しいタコ焼き祭りといこうではないか！」

「や、やめてくれぇー‼」

……結果、やめませんでした。あれから宣言通りオクトパスの触手を切っては回収切っては回収と無限に入手し続け、体力がヤバくなったら回復魔法で治療し、ただただひたすらにタコ足を回収し続けたのだった。

いかにモンスターといえども、人の言葉を話せるほどの知性を持っている生物が、長時間同じことをひたすらやらされたら、精神的に参ってしまうのは仕方のないことであるわけで……。

「ばっ、ばたんきゅう……」

「情けないな。たかだか三時間の無限機構にも耐えられんとは。だが、とりあえず一生分のタコ足はゲットできたかな？」

ストレージ内には、数億トンという膨大なタコ足が収納されている。時空魔法の上位である転換魔法になった時点で、ストレージ内の収納限界がなくなったため、際限なく収納していった結果によるものなのだが、はたして俺はこのタコ足を消費しきることができるのだろうか？

兎にも角にも、マリントリルにやってきた目的の一つであるタコ焼きの材料であるタコをゲットすることができた。あとは、他の魚介類を手に入れればミッションコンプリートである。……うん？なんか忘れている気がするが、きっと気のせいだろう。

「【エクスヒール】」

「はっ、こ、ここはどこだ⁉」

「よう、目が覚めたか？」

「ひぃー、おっ、お助けぇー」

「気絶する前とリアクションが同じじゃないか。まあ、そんなことはどうでもいい。さて、オクトパス。お前には二つの選択肢が与えられている」

「せ、選択肢？」

実のところこの数時間によるタコ足採取によって、非常に……そう、非常に遺憾ではあるのだが、なぜか【拷問】という新しいスキルが発現したのだ。一体俺がいつ拷問したのか小一時間ほどこの世界のシステムに問い詰めたいところではあるが、今重要なのは【拷問】の他に発現したスキルについてなので、それはまた次の機会にするとしよう。

で、だ。拷問スキルの他に新たに発現したのが、これもどういった理屈で生えてきたのか皆目見当がつかないのだが【召喚術】というスキルが発現した。

詳しく調べてみると、どうやらモンスターと契約を結んで呼び出したい時に呼び出せる能力というものらしく、某国民的ＲＰＧ【最後の幻想】にもよく登場している能力だ。

これを使うことができれば、オクトパスを召喚獣としていつでもタコ足が手に入れることができるようになるということだ。……実に素晴らしいではないか！

「一つ目は、このまま俺に倒される選択肢だ。元々俺はお前を討伐するためにここにやってきた冒険者でな。町の人間たちが、オクトパスがやってきて困っているということでそのオクトパスをなんとかしてくれと言われているんだ」

「そ、そんなぁー。我はただ居心地のいい場所に移り住んできただけで……」

「なら人が住んでないところに移ればいいだろうに」

オクトパス……というよりもモンスターにはモンスターの事情というものがあって、近くに人間が住んでいた場所がたまたま居心地のいい場所であったりするため、オクトパスだけを責めるというのは酷かもしれない。先に人間が住んでいたとしても、モンスターにとってはそれを考慮する必要はなく、敵対するのであれば殲滅すればいいだけの話だ。

もっとも、今回はそのモンスターよりも強い人間がいて、人間たちの生活の邪魔をしているため、モンスターが殲滅の対象となっているのだが、こちらとしてもコミュニケーションを取れる相手を殺めてしまうことに抵抗がないわけではない。

まあ、一度こちらに牙をむいてきているし、問答無用で倒してもよかった。今回の戦いで【召喚術】というスキルが発現さえしなければ……。

「まあ、そんなお前に二つ目の選択肢をくれてやろう。今し方【召喚術】というスキルを手に入れた。もしお前が望めば、このまま生かしておくこともできる。ただし、俺の召喚獣としてだがな。どうする？　俺のペットになるか、それともこのまま俺に殺されるか？」

「それ実質一つしか選択肢がないじゃないか！　しかも、最悪の選択肢が‼」

「殺されるよりかは幾分マシだと思うのだが？」

「あ、悪魔だ……。悪魔がここにいる」

なんて失礼な奴なんだ。今なら第六天魔王と言われた織田信長の気持ちがわかるぞ。比叡山延暦寺を焼き討ちにした極悪非道の武将として有名な織田信長だが、実のところはちゃんとした手順を踏んでいるのだ。

そもそも、織田信長が比叡山を焼き討ちにしたのは、敵対していた浅井家と朝倉家を延暦寺が匿っていたからだ。それに対し織田信長は「浅井家と朝倉家を引き渡せ」と要求したが、延暦寺は頑なにそれを拒んだ。

それでも諦めずに幾度も引き渡しの要求を書いた書状を送り付け、最終通告として「引き渡さなければ、焼き討ちにするぞ」とちゃんとした書状で通告した上で焼き討ちをしているのである。

たまたま当時の寺に力があり、他の武将たちが寺を焼き討ちにしたことがなかったため、表立って堂々と焼き討ちした信長が悪者のように映っているだけなのである。

そもそも、当時の寺というのは権力が集まり過ぎていたがために風紀が乱れ、武器を取り武力を持った僧兵などという存在が現れたり、煩悩を解脱しなければならないのに酒や女に走ったりとやりたい放題に風紀が乱れていたのだ。

そのことについても目に余ると考えていた信長は、ここで一度灸を据えてやらねばならないと思ったのかもしれない。そのために起きた焼き討ちだったのだと俺はそう思っている。……なんか、日本史の授業みたいになってしまったな。

つまりなにが言いたいのかというと、一見酷いことを言っているように見えるものも実は相手のことを考慮した優しさであるということだ。うん、間違いない！

であるからして……。

「ペットか死か、好きな方を選べ‼」

「ひぃー、わかりましたぁー！　あなた様のペットになりますぅー‼」

こうして、新たに手に入れたスキルによって無限タコ足量産機……もとい、オクトパスが仲間になったのであった。めでたし、めでたし。……って、めでたいのか？

「よし、収納完了。これで、いつでもあいつを呼び出せるようになったってことだな」

オクトパスとの戦いにあっさり（？）と勝利した俺は、新しく手に入れたスキル【召喚術】を使って、オクトパスと召喚獣化させることに成功した。

召喚術での契約をすると、召喚獣となったモンスターを亜空間に収納しておけるようになるらしく、その空間にいる間モンスターは時間が停止しているため、契約者が呼び出すまで時間が進むことはない。

現在召喚術のレベルは当然一であるため、契約できるモンスターの数に限りがあるが、どうやらあと二匹まではであれば契約ができるらしい。

二匹契約ができるとはいえ、見つけたモンスターを簡単にペット……もとい、召喚獣にしてしまってはすぐに契約できる枠が埋まってしまうので、今後召喚獣にするモンスターは慎重に選ばなければならないだろう。

「さて、これでオクトパスの一件も片付いたことだし、町に戻って魚の仕入れをしようか」

それよりも先に領主に報告するのが先だと頭の中ではわかっているが、どうもあの領主の名前で勝手に遠ざけてしまうイメージが付いてしまっているようだ。

人を見た目で判断してはいけないと、幼稚園や小学校の低学年で保育士や教師から教えられたが、やはり人間とは人を見た目で判断してしまう生き物なのかもしれない。

そんなことを考えつつ町まで戻っていると、なにやら港に黒山の人だかりができていた。よく目を凝らして見てみると、それは町の住人たちで、おそらくだがオクトパスが暴れているのを見た人が何事かとよく見てみると、オクトパスと戦っている俺が見えたのでこの騒ぎになった感じだと予想を立てた。

あまり気ノリはしなかったが、そのままどこかへ飛び去るわけにもいかず人だかりの中心に下り立った。地面に下りると、そこを中心として人だかりが円のようになっていく。

「なんの騒ぎだ？」

「オクトパスが暴れてるって騒ぎが広まって、よく見てみたら誰かがオクトパスと戦っているのが見えたんだ。しばらく見てたら、急にオクトパスが消えて坊主が飛んで戻ってきたんだよ」

「なるほど、予想通りか」

俺の予想した通りの状況になっていたらしく、人だかりはますます増え続け町中の人間が港に集結するのではないかと思うほどだ。

オクトパスが消えたと思ったら、海の方角から俺が飛んでやってきたもんだから、そりゃ即ちこうなる。

「英雄だ……」

「この町を救ってくれた英雄だ！」

『うおおおおおおお‼』

ぽつりぽつりと、オクトパスの脅威が無くなり、それが俺の手によって引き起こされたものであると理解した町の人々は、歓喜の声を上げる。そして、口々に英雄だのありがとうだのと称え感謝の言葉を述べる。

「まさか、坊主みたいな子どもがオクトパスを倒しちまうなんてな」

「実際は倒したんじゃなくて仲間にしたんだがな」

「仲間？ それはどういう――」

最初に話し掛けた町人が俺の言葉に引っ掛かりを覚え、さらに質問しようとしたところで、見知った顔が姿を見せる。この町を治める領主グッドマン……バッドガイである。

「ローランド君、この騒ぎはなんだね？」

「俺がオクトパスを倒すところを見られてしまったようで、それを知った連中がお祭り騒ぎをはじめようとしてるところだ」

「本当にオクトパスを倒したのか⁉ 本当の本当か？」

「そんな嘘を吐いてどうするんだ？ それよりこの騒ぎをなんとかしてくれ」

俺の言葉にはっとなったバッドガイが、あらんかぎりの大声で「静まれ」と叫び、周りの人間を黙らせる。そのひと言で、港が静寂に包まれる。さすがは領主威厳が違うと心の中で感心していると、バッドガイの演説が始まった。

「聞け、我が最愛なる町民たちよ。見ての通りオクトパスの脅威は過ぎ去り、今再び街に平穏が訪れた。その平穏をもたらしてくれたのは他でもない。ここにいるローランド少年なのだ！」

「え？ ちょまっ――」

『うおおおおおおおお‼』

バッドガイのとんでもないひと言により、半信半疑だった町の住人たちが、俺が町を救ったことを悟り、先ほどよりも大きな歓声を上げる。……おいおい、バッドガイさんよぉー。あんたなにしてくれとんじゃ！

それから鳴りやまないローランドコールが続いたが、バッドガイのひと言で町の住人たちが動き出すことになる。

「町民たちよ、こうしている場合ではない！　宴じゃ！　宴の準備をせよ‼漁師たちは今すぐ船を出し、ありったけの魚を取ってくるのだ‼」

『うおおおおおおおお‼』

……おいおい、それでいいのか領主よ？　オクトパスの脅威は去ったとはいえ、まだ復興ができてないんじゃないのか？　それなのに、呑気に宴なんて開いて大丈夫なんか？

俺の冷静で真っ当な意見をバッドガイにぶつけてみたが、返ってきた答えは実に考えなしの実直な答えであった。

「今宴をせずして、いつやるというのだ？　めでたいことがあればみんなで祝う。それがこのマリントリルの流儀だ。ローランド君、今日はとことん付き合ってもらうぞ」

「えぇー」

領主の一声で、即座に町民たちが行動を開始する。漁師たちは海に漁に出ていき、その妻たちや商売人たちはもしものために残していた食料や酒を惜しげもなく持ち寄り、料理人たちはその食材を使って何千人前という規模の料理を作り上げ、職人たちは即席の宴をする会場を作りはじめていた。

すべてが領主のたったひと言から始まり、そして短い時間でこれだけのことを一斉に成してしまうことに、俺は少し……いや、かなり驚いていた。

日本人も世界的に見れば協調性の強い国民性であるため、どちらかというとこの町の住人のように自分たちで協力して一つのことを為すことができる人種であるのだが、この町の住人ほどではない。

俺がどうすればいいのか迷っている間にも、宴の会場が瞬く間に出来上がり、即席で作られたテーブルには料理人たちが作った料理が並べられ、その料理には先ほど漁師が取ってきた海鮮料理も含まれていた。

「……俺はどうすればいいんだ？」

「君はそこでじっとしていればいい。今宵の宴はこの町を救ってくれた英雄に感謝する宴でもあるのだ。主賓に働かせたとあっては、貴族としてこの町の一員としても立つ瀬がないのでな」

そこまで言われてしまっては、俺がなにかするというわけにもいかず、ただただ宴の準備が着々と出来上がっていく様子を見守る。その間にも、領主のバッドガイは的確に指示を飛ばしていき、町民もその指示に従って手早く準備を進めていっているようだ。

そして、数時間と経たずに宴の準備が整い、俺は今特等席で領主の宴の挨拶を聞く羽目になってしまっていた。

「であるからして、ここにいるローランド君によってオクトパスが倒され、この町に平和が訪れたのである。彼こそが、この町を救ってくれた英雄なのだ‼」

『うおおおおおおおお‼』

もはや何度目かもわからない歓声を聞かされつつも、俺はその声に応えるように引き攣った笑顔を浮かべながらぎこちなく手を振る。……これ、どんな拷問ですかね？

新しいスキルに、拷問耐性が付くのではないかと思わせるほど、精神的な負荷を現在進行形で味わっている俺に、更なる追い打ちがやってきた。

「それでは、この町の英雄になにかひと言もらい、それを乾杯の音頭としようではないか！」

「え？」

待て待て待てぇーい！　聞いてないんですけどー!?なんかものすごくしてやったりな顔してますけど、こんな状況で一体なにを言ったらいいんだよ!!

そんな俺の心の声も虚しく、バッドガイが言葉を続ける。

「では、この町の英雄。冒険者ローランドだ!!」

（こ、こうなったら、やるしかねぇ……）

こうして、バッドガイの粋な計らい（？）によって、今生十二歳にしてすべらないスピーチをすることになってしまったのであった。

「えーっと、コホン」

町の人間のほとんどの視線が俺に集中する中、軽く咳払いをしてから話に入った。話といっても、徳の高いお坊さんのように高尚な話ができるわけもなく、それはかつて前世で読んだ小説の主人公が口にしていた台詞を真似る程度の稚拙なものだ。

「マリントリルの町民諸君。こういう時はなんと言ったらいいのか正直言ってわからない。〝遅れてすまない〟も違うし、かと言って〝俺のおかげで助かってよかったな〟などと傲慢なことを言うつもりもない」

そこで一度言葉を切る。俺の言葉に小さいながらも笑いが起こった。よし、つかみはこれくらいにして本題に入ろう。

「俺がなにを言いたいのかといえば、今回は〝たまたま〟俺がこの町にやってきて〝たまたま〟オクトパスを倒せる力を持っていたということだ。これは奇跡と言っていい。だからこそ、諸君らに勘違いしないでもらいたいのは、こういったことは何度も起きないということだ」

俺のスピーチに、町の住人が食い入るように聞き入っている。そして、ここで必殺の言葉を発動させる。

「ただ、諸君らは辛い苦しみを耐え抜いた。苦境に立たされている状況で俺がやってくるまで耐え忍んだこと。これは諸君らにとって、決して無駄な経験にはならないと俺はそう考えている。この先また同じようなことが起こるかもしれない。その時その脅威を退けることができる英雄が現れないかもしれない。だからこそ、諸君らにはなんでもないつまらない日常を、平穏な毎日を送れる幸せを忘れないで欲しい」

俺の言葉の意味を重々理解した町民の瞳に静かだが力強い意志が宿っていくのを感じる。そう、なにも起こらないつまらない人生ってやつが存外に幸せな人生だということを俺は知っている。

だからこそ、彼ら彼女らにはこの事件を風化させないように後世まで伝えていってほしい。そして、再び同じことが起きた時に今から取れる対処法を施しておき、備えをしておいてほしいのである。

「少し長くなってしまったが、俺が言いたいことは一つ……お前たち、よくやった！　感動した‼以上‼乾杯‼」

『乾杯‼』

こうして、バッドガイの無茶ぶりのスピーチと乾杯の音頭を終えた俺は、ようやく落ち着きを取り戻した。宴の最中、ひっきりなしに町の住人が感謝の言葉を俺に伝えようと、入れ替わり立ち代わり俺のところへやってきては礼を言っていくのをそれなりに対応しつつ、その日の宴を楽しんだ。

少し困ったのは、酒に酔ったお色気お姉さんの集団が俺のもとにやってきて、俺を夜の戦いへと引きずり込もうとしてきたが、宴の最中に仲良くなった男性冒険者たちのバリケードによってお姉さんのとの夜戦は未遂に終わった。……まあ、仮にそうなってもまだ俺には早すぎることだから、お姉さんをベッドに寝かしつけるだけだっただろうがな……ホントだぞ？

漁師たちが捕ってきた魚を使った海鮮料理は、やはり海の近くにある町ということでおいしく、これだけでもこの町にやって来た価値はあったなと、内心でほくそ笑んでいたのはみんなには内緒だ。

人々が騒ぎ疲れ、俺も十分宴の料理を楽しんだので、そのまま宿に戻って休むことにした。

翌日、朝の支度を済ませ宿の外へと出掛けるため部屋を出る。昨日はいつもより夜更かしをしてしまったので、少し遅めの起床となってしまったが、町の住人たちも今日は遅めに起き出してきたので、俺一人だけが遅いという訳ではない。

「おはようさん、小さな英雄様」

「はぶっ」

一階に下りて朝食を食べようとしたタイミングで、俺の顔がなにか柔らかいものに包み込まれる。それは次第に顔全体を包み込んでいき、まるで真空パックのように空気を奪い取っていく。

呼吸するための酸素が無くなりかけていることに気付き、もうそろそろ抵抗のため動きだそうというタイミングで、救いの手が差し伸べられた。

「お、お母さん！　な、なにやってるのよ⁉」

「ぷはぁー！　はあ、はあ、死ぬかと思った……」

誰が言ったか知らないが、とある人物がこんな名言を残している。〝女性の胸は凶器になる〟と……。

そうだ、今俺はヌサーナの大いなる胸の谷間にその顔を埋めさせられてしまっていたのだ。大事なことだからもう一度言うが、ヌサーナの胸の谷間に顔を〝埋めさせられてしまっていた〟のである。〝られて〟しまっていたのだ。……これじゃあ、三回か。

とにかく、危うく窒息しそうになるところを宿の看板娘ムーナに救われた形となったのである。ありがとうムーナ。さようならムーナ。……うん？　なんか、ムーナが死んだみたいな言い方だなこりゃ。

息も整いかけたところで、厨房の方に気配を感じたので視線を向けてみると、この宿の主人であるムサーナの夫が腕を組みながら目を瞑ってこくこくと頷いている姿があった。

おそらくだが、自分もムサーナの胸で窒息しかけた経験があるのだろう、差し詰め「わかる、わかるぞ少年。ムサーナの胸は気持ちいいが、その気持ちよさにのめり込みすぎると危ないんだ」みたいなことを考えているのが脳裏に過った。……柔らかかったのは認めるが、断じて気持ちよくなどはなかったぞ。断じてだ！

そんな一幕があったが、いつも通り朝食を食べ今日は町の観光へと繰り出すことにした。

改めて町の風景を眺めながら歩いていると、オクトパスがいなくなったことで以前の暗さが嘘のように賑わいを見せ、町は活気を取り戻しつつあった。

今日も漁師たちは漁に出掛け魚を捕り、その魚を町の住人たちが購入していた。もう少し経てば、町は以前のように元通りになるだろう。

「おう、英雄様じゃねぇか！　うちの魚持っていってくれ」

「じゃあもらおうかな。いくらだ？」

「町の恩人から金なんてもらえねぇよ。全部もってけ」

「それだと、採算が合わんだろう。じゃあ十分の一だけもらっていくとしよう」

当然だが、昨夜の宴で目立ってしまったおかげなのかせいなのかはわからんが、町を歩けば声を掛けられてしまう。自分たちをオクトパスから解放してくれた恩人であるということを考えれば仕方のないことなのだとはわかっていても、こう引っ切り無しに声を掛けられたのでは、落ち着いて観光もできやしない。

しかも、声を掛けてくるのは、一般の町の住人もいれば店を経営している住人もいて、自分の店で取り扱っている野菜だの食材だのを寄こしてくるのだ。君たち、昨日まで食べる物がなくて困ってませんでしたか？　なぜ、昨日の今日でこんなに食材が出てくるんだ？

さらには、マリントリルが港町ということもあって、職業分布図的にもっとも多い職業は言うまでもなく漁師なわけで、声を掛けてくる漁師ほぼ全員が今日捕ってきた魚を全部寄越してくるのだ。

中には複数人の漁師で押し掛けてくることもあり、俺に魚を渡すという下らないことを巡って殴り合いの喧嘩にまで発展するケースも少なからずあった。

公平を期すため、それぞれの漁師から十分の一ずつ魚を貰い受けるという対処を途中から取るようになったが、先ほども言った通りこの町の住人がもっとも多く職に就いている職業は漁師なのだ。

一人の漁師が捕ってくる魚の漁獲量は、精々が二十匹から五十匹の中に納まる程度だろう。熟練の漁師ともなれば、百匹を超える猛者なんてのもいなくはないだろうが、そんな漁師はほんの一握りの人数しかいない。

マリントリルの総人口をざっと見積もって二万人から三万人程度と仮定し、そのうちの十パーセントから十五パーセントが漁師だったとする。その数字で考えるのならば、どんぶり勘定にしたって二千人から四千五百人程度が漁師なのだ。

漁師一人当たりの漁獲量を五十匹とし、その十分の一を貰い受けた場合、少なく見積もっても一万匹の魚が俺のストレージにぶち込まれることになるのである。

漁師の人数を最大想定の四千五百人とした場合、実に二万二千五百匹にも及ぶのだ。……そんなに一度に捕ったら、お魚さん絶滅してしまいませんかね？

もちろんそれも考慮して漁を行っていることはわかるが、それにしたって一人で抱え込む量としては、過剰過ぎるのは明白である。一日三食魚を食べても、一万匹なら約九年分、二万二千五百匹なら二十年分以上の量となってしまうのだ。……俺、そんなに魚食えねぇよ。

その他の食材にしたって個人が所持するには明らかに過剰な量なのだが、なぜこれだけの量がありながら困窮（こんきゅう）していたのかという疑問が浮かんでくることだろうとは思うが、その答えは何人目かの露店の店主が教えてくれた。

「今日の早朝、町のことを知った周辺の村や隣町から援助のための食材が届いたところだったんだよ。それでも一時しのぎ程度の量しかなかったんだけど、英雄さんがオクトパスをなんとかしてくれたおかげで、こうして商売が再開できるようになったって寸法さ」

「だから遠慮なく持っていっておくれ」と、続きの言葉をなんの躊躇いもなく言い放つ態度に気圧される形で、食材を受け取ってしまっていた。だが、俺としてももらってばかりではさすがの面の皮が厚い俺でも気が引ける……って誰が厚化粧だ！　え？　誰もそんなこと言ってない？

「じゃあお返しにこれをもらっていってくれ」

「ひ、ひぃー。こりゃあ、オクトパスの足かい？」

そう、せっかく大量に手に入れたのだからこのタイミングでオクトパス足を有効活用しようと考え、食材をくれた漁師や店の人間に配り歩くことにしたのだ。

なぜ、前日の宴会の時に出さなかったのかという理由については、食べられるかどうか自分で確かめる暇がなかったということと、まだオクトパスに対しての恐怖心が残っている中、その体の一部を見せることでパニックになるのを危惧したためだ。

オクトパスの脅威が去り、完全に恐怖心が消えた頃合いを見計らって出すのがベストだが、それまでずっと町にいるわけにもいかないので、このタイミングで出すことにしたのだ。

町の人たちも、最初はオクトパスの足に驚いていたが、自分たちを苦しめた元凶が変わり果てた姿を見たことで、本当にオクトパスがいなくなったんだという安心感を与えることができたようだ。

ちなみに、オクトパスの足が食べられることは宿の厨房で確認済みである。実際のところ前世で食べていた頃のタコと比較してみてもなんら遜色ない味と食感だったので、これならばタコを使った様々な料理を楽しむことができるだろう。まずはタコ焼きからだな……うん。

マリントリルの散策と、オクトパスの足の布教活動に勤しむことでその日一日を費やし、今日はそれで宿に戻って休むことにした。ちなみに、領主の報告については散策中に領主の使いの者が現れ、明日改めて報告するということになったことを付け加えておく。


～～～


「ローランド君、今回の件本当に感謝する」

マリントリルを観光した翌日、改めて領主のバッドガイの屋敷を訪れた。先の言葉は、彼の開口一番の言葉である。

こちらとしては、国王の依頼ということもあったが、なによりもこの世界ではじめての海を見てみたいという欲の方が強く、どちらかと言えばオクトパスの件はもののついで程度のものでしかなかった。

そんなもののついで程度でやったやっつけ仕事甚だしい内容で感謝されても、俺としては複雑を通り越して申し訳ないという思いさえ浮かんでくるほどだ。

「別に気にしなくていい。大したことはしていない」

「あのオクトパスを倒すことが大したことでないなら、一体なにが大したことなんだ？」

俺の言葉に、苦笑いを浮かべながらバッドガイがそう答える。確かに、三十メートルを超える巨大怪獣を赤子の手を捻るように、いとも簡単に倒してしまうことが、大したことでないわけがないか……。

実際オクトパスを倒すことができそうなのは、俺を除けばナガルティーニャくらいなもんだし、一般的には大したことなのだろう。だが、俺にとっちゃタコ焼きの材料以外に価値を見いだせない相手だったため、あまり強いという印象がなかったんだよな。

そんなことを考えていると、突如執務室の扉がノックされる。バッドガイの「入れ」という言葉と共に扉から現れたのは、一人の可憐な少女だった。

歳の頃は十代中盤で、薄い青色の長い髪にこれまた瞳も青い色を持っており、その瞳には強い意志が込められているように思える。

「はじめまして、あた……私はバッドガイ・フォン・ウミガイヤーの娘で、アッバズーレと申します。以後お見知りおきを」

「ローランドという。よろしく頼む」

アッバズーレか、なんだか日本語に聞き覚えのある単語が浮かんでいるのだが、これは言わぬが花ってやつなのだろう。決して本人をあばずれとは断じて思ってはいない。……あっ、言っちゃった。

それにしても、父親はバッドガイでその娘はあばず……いや、アッバズーレとはな。この家のネーミングセンスは一体どうなっているのだろう。

「く、くくく……」

「バッドガイ子爵どうかしたの――」

「はぁーははははは！　アッバズーレよ。なんだその猫かぶりな物言いは、俺の娘ともあろうものがなんて気持ちの悪い喋り方をする？」

「お父さ……お父様は少し黙っていてくださいまし」

まあ、最初自分のことを〝あたし〟と言いかけていたし、俺に媚びを売るために猫を被っていたことはわかっていたが、それにしても貴族的には俺を取り込む側にいるはずなのに娘の工作をバラしていいのだろうか？

もっとも、そんなちょこざいな工作を仕掛けてきたところで俺がなびくわけがないんだがな。バッドガイもおそらくそのことを理解しているのだろう、だからこそ娘の必死な姿が滑稽に映り、高笑いをしたのだろうからな。

それから、娘の猫かぶりをおちょくる父親と、徐々にその化けの皮が剥がれいつもの砕けた態度で父親に反論する娘の親子喧嘩が始まってしまった。

状況的に二人の喧嘩を止める立場にあった俺だが、基本的に興味のないことに対して無関心な性格もあって、自然に喧嘩が収まるのを肉まんやフライドポテトなど今まで作ってストレージに保存しておいた料理でもつまみながら待つことにした。

「だいだいお父さんは昔っからデリカシーがないんです。あたしが着替えてる最中にノックもなしに部屋に入ってきたり、食事中におならをしたり……。それでも一貴族家の当主ですか！」

――はむっ、もぐもぐ、もぐもぐ……。

「はんっ、俺は海の男だ。海の男がそんな細けぇこと気にしてたら、いざってぇ時どれが正しい選択なのか咄嗟に判断できなくなるだろうが！」

――ほくっ、ほくほく、ほくほく……。

「……それにしたって、もう少し人の目を気にしてください。誰がどこで見ているやも知れないんですから」

——パリッ、パリパリパリッ……。

「「お前（あなた）は一体なにをやっとるんじゃ（しているんですか）‼」」

「親子喧嘩観戦ですが、なにか？」

「「俺（あたし）たちの喧嘩は見せもんじゃないぞ（ですよ）‼」」

「おー、さすが親子だ。息ぴったりの芸だな」

「「芸でもない‼」」

何年も親子をやっているだけあって、なかなか息の合った漫才が見られた。さて、そろそろお暇（いとま）しようかね。

そう思い、ソファーから立ち上がって扉に向かおうとしたところで、両肩に手が置かれた。片方はバッドガイで、もう片方はアッバズーレだった。

「……もう用は済んだから帰りたいんだが？」

「あれだけうまそうなもん目の前で食っておいてそれはないんじゃねぇか？　ローランド君？」

「そうよそうよ。せめてあのほくほくしたものを食べさせてほしいです」

「わかったから手を離してくれないか？　まるで食べさせてない家の子みたいだぞ？」

「「うっ」」

俺の皮肉を込めた比喩表現に、思わず押し黙る二人。まあ、別に食べたいなら食わせてやらんでもないが……。

というわけで、ストレージからあらかじめ作っておいた料理を提供して差し上げましたとも。ちなみに最初に食べていたのが肉まんで、その次がフライドポテトで、最後がポテトチップスだ。

俺が食べていた料理の他にも、鳥モンスターの肉の唐揚げやたまごサンドなど野菜や果物を使ったサンドイッチなども出してやった。

宴会の時にもそうだったが、海に住む人間はよく食べる者が多く、出された料理の量に驚いたものだが、この食べっぷりからすればあの量は納得できる量であった。

もしかすると、この町の女性がグラマーなのはよく食べるからではないだろうかと思わせるくらいだ。現にアッバズーレの体つきは、十代にしてはなかなか素晴らしいプロポーションをしている。……胸部装甲レベルEってとこか。

二人分にしてはいささかというか、かなりというか、食べ過ぎなくらいなまでの量を平らげた親子は今、俺が時間を見つけて作っておいたプリンを堪能している。

「いやあ、随分とご馳走になってしまったな」

「とってもおいしかったです」

「そうか、それならよかった。じゃあ、俺はこれでお暇するが、国王になにか伝言などはあるか？」

「このたびの一件に、ローランド君を使わしてくださりありがとうございますと伝えてくれ。それと、近々王都に登城するので、その旨もよろしく伝えてくれ」

「わかった。必ず伝えよう」

ようやく領主邸での用件も終わり、最後にバッドガイと握手を交わす。終わってみれば、この領主も名前はアレだが決して悪くない領主だと今ははっきりと言える。

「あば……アッバズーレ嬢もお元気で」

「はい……。ローランド様、またお会いできますか？」

「ここには海の幸があふれている。それを仕入れに定期的に訪れるので、その折に機会があれば」

俺がそう言うと、頬を染めにこやかな笑顔を向けてくる。……うむ、いい笑顔だ。俺がそんなことを考えていると、水を差す様にバッドガイがアッバズーレをからかいはじめる。

「おうおう、いっちょ前に色気づきやがって。そんな顔一度も俺に見せたことなかったぞ？」

「お父さん！　なに言ってるんですか⁉」

「いや、厳密にはお前がガキの頃に見せてくれてたな。あの頃は可愛かったよなー。お前は覚えてねぇだろうが、よく俺に〝大きくなったら、お父さんのお嫁さんになるぅー〟とか言ってたんだぜ」

「お父さん‼」

バッドガイのそのひと言を皮切りに、そこから再び親子漫才……もとい、親子喧嘩が始まったので、巻き込まれないように早々に退散することにした。

こうして、魚の仕入れと観光……もとい、オクトパス討伐の一件は落着し、俺は報告のため宿などの諸々を引き払い、一度王都へと戻ることにしたのであった。

〜〜〜

王都へ帰還した翌日、俺はさっそく国王に報告するため城へと赴いた。城の門番には話が通っているのか、俺の顔を見るや「英雄殿ですね。どうぞお通りください」と身分証の提示を求められることなく顔パスで城に入ることができた。

セキュリティー上それでいいのかとも思ったが、無駄なプロセスを踏まなくていい分こちらとしては助かるので、それを指摘するつもりはない。

何度か通ったことのある通路を進み、途中すれ違う人たちが目礼や会釈をしてくるのでそれに応えながら王のいる執務室へと向かった。

「これはローランド殿。今日はいかがされましたか?」

「国王にちょっと伝えることがあってな」

「そうでしたか、では少々お待ちください」

執務室の扉の前に立つ近衛騎士が扉をノックして入って行く、国王に確認を取っているのだと当たりを付けつつしばらく待つ。

数十秒後、すぐに帰ってきた近衛騎士の「どうぞお入りください」という言葉に従って室内に入る。だが、そこにいるはずのない人物たちがいることに気付いた。

「失礼、なにか用でもあったようだな」

「いいや、そんなことはない。彼女たちはお前を待っていたのだから」

「……とりあえず、例の件の報告からだ」

そこにいた人物たちの面子も気になりはしたが、ひとまず国王にオクトパスの一件を報告することにした。

「マリントリルからオクトパスの排除には成功した。今は平穏を取り戻し、元の町の活気を取り戻しつつある」

「そうか、オクトパスを倒してくれたか……。このたびのこと感謝する」

「気にすることはない。俺にとっては、港町観光のついでにやったことだ」

「では、報酬の受け渡しについての話は後日にすることにして、今日は彼女たちがお前に話があるそうだ」

（……嫌な予感がするな）

そこにいたのは、二人の見知った女性とはじめて見る女性が一人の合計三人の女性だ。女性と言っても、三人ともまだ二十歳にもならない少女と言って差し支えないほどの年齢をしており、女性としての色香を纏いはじめつつもまだまだ幼さが残っている。

顔見知りの二人はローゼンベルク公爵家の令嬢であるファーレンと、バイレウス辺境伯家の令嬢のローレンだ。ローレンに会うのは数ヶ月ぶりとなるが、以前見た時よりも大人びて見える。

そして、見知らぬもう一人の少女は身なりからしておそらく王族で、国王の娘かなんかだと推察される。これで王女風のコスプレをした一般人だと言われたらなんの冗談だと突っ込まずにはいられないだろうが、纏っている雰囲気と気品から王族であるのは間違いない。

「おはっ、お初にお目に掛かります。わた、私はこの国の第一王女のティアラと申します。以後お見知りおきくださいませ」

「これはご丁寧に。私はローランドという者で、冒険者をやっております」

一応だが、相手はこの国の王族ということで敬意を払って接しているのだが、この国の頂点に立つ国王に対しててため口で話している時点で今更加減が半端ない。

「ローランド様、私にそのような言葉遣いをする必要はありません。お父様と同じように気軽に接してくだされば、私としても嬉しゅうございます」

「であれば、そうさせてもらおう。で、この三人は一体俺になんの用だ？」

奇しくもこの国の王族と有力貴族の令嬢たちが揃い踏みで一体俺になんの用だというのだろうか？まあ、大体の予想はついているのだが、それを認めたくない自分がいる。

嫌な予感というものは、大体よく当たるというのが相場であり、今回の一件に関してもその例に漏れず実に厄介極まりない案件であった。

「ローランド様……いえロラン様。どうか、どうか私たちと婚約していただけないでしょうか？」

「なにを言っているんだ？」

やはりそう来たか、という思いが俺の中を駆け巡った。なぜなら今回の一件に関していろいろと心当たりがあったからだ。

【確率の収束】という数学的な理論がある。ある一定の確率で出現する事象というのは、確率通りに出現するように一定の試行回数を過ぎるとその確率通りの数字に落ち着くように事象が発生するようになるというものだ。

前世での俺は、結婚はおろか恋愛のれの字もまともに経験したことがなく、前世を跨いで初心な人間を絶賛継続中なのである。つまりコインの表と裏なら、ずっと裏を出し続けていることになるのだ。

そして、今生で先の確率の収束というものが発生し、いわゆる一つの〝モテ期〟というものが到来したとすれば、今回の一件にも説明が付くのである。

「あなた様を一目見たその日から、胸の鼓動が鳴りやみませんの。今もこうして対峙しているだけで、息が苦しいのです」

〝それは、病気かなにかでは？〟という言葉を口にしかけたが、寸前で言うのをやめた。恋というのは、医者や科学者の間でよく異常性のあるもの……つまりは病気というひと言で片付けられてきた。

だが、目の前の目をきらきらと輝かせる少女にそれを言う勇気は俺にはなかった。

「私はこの国の王女です。ですから、結婚する相手にはそれ相応の地位が求められます。ですが、ロラン様は貴族の位も領地も望まれていないとお父様より聞かされました。それでは私たちがあなたに嫁ぐことができません。ですから、ロラン様に直談判をしにやって来たのです」

「その名で呼ぶのはやめてもらおうか。もはや捨てた名だからな」

さすがにこの国を支配する一族の情報網は凄まじく、俺が元貴族家の跡取りだという情報は掴んでいたようだが、俺が別の名を使っていることを知りながらその名を口にするのは愚策としか言いようがない。

さて、この状況をどうしたものかと悩んでいたが、俺の答えは一つしかない。それを実行する前に、俺は久しぶりに会ったローレンに声を掛けた。

「久しぶりだなローレン。元気そうでなによりだ」

「お久しぶりですローランド様。再びこうしてお会いできたことをとても嬉しく感じております」

さすがに俺の嗜好に気付いているようで、ロランという名前を呼ぶことの意味を理解しているようだ。そう考えていると、ファーレンが割って入ってくる。

「あの、私にはなんもないんですか？」

「と言われてもなー。最近まで会っていたし、王女と違ってはじめて会うわけでもない。なにを話せと？」

「うっ」

まさにあまりにも正論な回答を受けて、ファーレンが言葉を詰まらせる。そんなことにもお構いなしに俺はストレージからとあるお菓子を取り出す。

「まあ、とりあえずだ。お近づきのしるしにこれでも食べてくれ」

「これは？」

「卵を使ったプリンというお菓子で、甘くておいしいぞ」

そう言って、この場をごまかすためにあらかじめ作っておいたプリンを振舞う。甘いお菓子という言葉に、三人がプリンに気を取られる。俺は、国王にもプリンを出すため国王に近づき、プリンを置くと同時に咄嗟に書いた小さな紙切れを手渡す。

出てきた紙切れに一瞬戸惑ったが、書いてある内容を見た瞬間目を見開き驚いた様子を見せた。……まあ、今回はこうせざるを得ないということで許してほしい。

それから、さらにお代わりのプリンをそっとテーブルに置くと、俺は瞬間移動を使って屋敷の方へと転移した。

とりあえず、貴族にさせられそうになる＋婚約者を抱え込まされそうになる案件をごまかすことはできたが、ただ逃げただけなのでなにの解決にもなっていないが、そこは俺にいろいろと借りがある国王がなんとかしてくれることだろう。ひとまず、各方面に事情を説明して旅の準備をしないといけないな。

書籍版特典ＳＳ

暇を持て余した神々の宴（うたげ）その3

「貴様の望み通り来てやったぞ。老いぼれくそジジイ‼」

吾輩の得意とする空間掌握の力によって、今回の神々の宴の会場である【ヴァルハラ】へとやってきた。

あのジジイは気取って〝生と死の神域〟などとほざいているが、やつが若かりし頃に神の力を行使し過ぎた影響で、空間自体が歪んで崩壊してしまったただの〝若気の至り空間〟に過ぎない。

今でこそジジイの管理下でかつての空間を維持できるようになっているが、あくまでも最高神の力によってバランスが保たれているだけであり、依然として不安定な場所であることに変わりはない。

吾輩の罵倒を涼しい顔で受け流しながら、ジジイが務めて冷静に反論する。

「いつも言うておろうゴウニーよ。儂（わし）はジジイじゃがくそではないと……。どうやら、儂の仕置きでは堪えなかったと見えるのう……」

「ふんっ、そんなことはどうでもいい！　この間の借りを返させてもらうぞ‼　【神威（カムイ）】‼　【重力圧殺グラビティクラッシャー】‼」

ここで【神威】について説明して進ぜよう。【神威】とは、人間が魔法を行使する際に使用する魔力と似ており、神気と呼ばれる神のみが持つ気を操（あやつ）ることで、理（ことわり）自体に干渉する異能である。

そも神と呼ばれる存在は、異能である【神威】を使いこなす者たちの総称であり、その力を使うことで我々は世界そのものを管理しているのだ。

地球にある某漫画で特異な能力を持った海賊の話が出てくるが、その中で自然系統の能力を持つ存在がおり、神というのはこれに近い者たちのことを言う。

ちなみに、吾輩が司る異能は【重力】であり、その力の前ではあらゆる物理攻撃はもちろんのこと時の経過にすら干渉するほどの強制力を持っている。

「ぐふぉ。さすがにこれは堪えるのう」

「ちぃ、やはり吾輩と同格の神だけあって、この程度では落ちんか。並の神ならこれで潰れているのだがな」

吾輩の攻撃を何でもないように涼しい顔で受け止めるジジイ。さすがに最高神の名はだてではないといったところだろう。

だが、これでも最高神の神格を持った者の異能が弱いわけもなく、さすがのジジイでも吾輩の攻撃を受け止めるだけで手一杯のはずだ。

「この吾輩をおちょくったこと、死をもって償え！ 神気開放‼」

「むぅ、さすがに全力で来られてはちとまずいか。ならば儂も本気を出すとしよう。【神威】！【絶対必中　神槍グングニール】‼」

吾輩が全力を出したことで自身も全力を出さざるを得なくなったようだ。ジジイの全身から溢れんばかりの神気が放出する。そして、手に持った神槍グングニールを吾輩の放った攻撃に向けて投擲する。

最高神オーディンが持つ異能は、ありとあらゆるものを見通す能力……いわゆる千里眼である。一見すると、ただ見るという一点に特化した能力のように思えるが、その実情は大きく異なる。

ありとあらゆるものが見えるということは、相手の放った攻撃の弱点やどういった軌道で襲ってくるかが見えているということであり、いかなる攻撃も初見で見破ってしまうのだ。

そして、特別な神の力によって作られた唯一無二の武器である神槍グングニールは、ジジイの能力と合わさり、ただの一度も外したことがないという話が伝説として残されている。

その話は割と有名であるため、ジジイの槍が外れたことがないというのは、神々の間だけではなく人間が知る神話としても伝えられているほどだ。

「させるかぁぁぁぁああああああ」

迫りくるグングニールを押し留めるようにして周囲を重力で抑え込む。物理的な干渉をさせない力である吾輩の力は強力であり、さしものグングニールであっても推進力を減退せざるを得ない。

「素晴らしいですわ！」

「これが、最高神同士の戦い……」

「お二人とも素敵です‼」

「オーディン様の槍が止まったところを初めて見ました」

そんな吾輩たちの戦う姿を見て、他の神たちが口々に賞賛の言葉を漏らす。どうやら彼奴等（きゃつら）は宴の余興として傍観しているようだが、吾輩は全力でジジイを亡き者にしようと攻撃している。

もちろん、ジジイ以外の神たちには吾輩の攻撃が当たらないように考慮したが、それがかえってこの戦いが本気の殺し合いなどではなく、宴が始まる前の余興として他の神の目には映ってしまったらしい。

「ええい、うるさいぞ！外野は黙っていろ‼」

「きゃあー！ヤコバーン様に話し掛けられましたわ‼」

「何を言ってるのよ！ヤコバーン様は、わたくしに話しかけたんです‼」

「私に決まっていますぅー！」

吾輩の罵声に対し、何故か黄色い悲鳴が上がる。吾輩は口うるさい者全員に向けて言い放ったつもりだったが、女神たちの間では自分個人に向けて言ったものだという認識になっているようだ。

　このときの吾輩は知らなかったのだが、最高神という地位を持つ者は、その肩書を持つだけで神たちの間で一目置かれる存在として注目されているようだ。

　それこそ、地球で見た【人気アイドルグループ所属のアイドル】や【動画投稿サイトで活動する人気配信者】など知る人ぞ知る人気者として認知されているらしい。

　吾輩とて最高神としての自覚はあっても、その肩書を持つことの意味や周囲が抱く感情などは注意してこなかった。それゆえ、今回こういった場にやってきたことで吾輩のことをどう思っているのかを知ることになった。

「ヤコバーン様、好きぃー！　結婚してぇー‼」

「おい、聞いたか？　愛の女神であるアフロディーテをあそこまで夢中にさせるとは」

「さすがは最高神といったところか」

　などという戯言が聞こえてくるが、あの妙に布面積の少ないドレスを着飾った女神がアフロディーテのようだ。彼女とは面識はないが【愛の女神】という肩書は神の間でも有名であるため、会ったことはなくともその名前だけは聞いたことがあった。

「ちぃ、おいそこの女」

「は、はひぃ」

「ぴーちくぱーちくと囀（さえず）るな。気が散る。吾輩の邪魔をするな！」

　女の甲高い声はよく通るもので、あまりに耳にキンキンと響くものだから吾輩に向かって叫ぶ女神に言い放ってやった。

　だが、彼女からはまったく嫌がるそぶりを見せず、まるで感動したかのように瞳を揺らしながら奇妙なことを口にし始める。

「ヤコバーン様が私のためだけに声をかけてくださった……。もう、死んでもいい」

「おい、アフロディーテが失神したぞ!?」

「誰か、癒しの神を呼べ！」

「ダメだ！ 癒しの神も今のやり取りでもらい失神した」

「これが、最高神の力か……」

いや、さすがにいくらなんでもそれは違うと言いたい。

そんな吾輩の心の声が彼奴等に届くことはなく、さらにいろいろと好き勝手な感想が飛び交っている。

「ふぉふぉふぉ、この儂を前に随分と余裕があるようじゃ、の‼」

「し、しまった！」

そんなやり取りでできた隙をあのジジイが見過ごすはずもなく、僅かに生まれた隙をついて重力の包囲網からグングニールが飛び出してくる。もはや直撃かと思われた寸前で、槍の穂に近い柄の部分を咄嗟に両手で握り込むことで、直撃は避けられた。

しかし、直撃する時間が少しだけ延長することになっただけであり、このままでは体に風穴が開くことは必至である。

「ぐ、ぐぬぬぬぬ」

「ふぉふぉふぉ、お主の負けじゃ。大人しく、グングニールに貫かれるがよい」

勝ちを確信したジジイが得意げにそんなことを宣う。だが、素直に認めるわけにはいかない。

「お……」

「ん？　なんじゃ？」

「俺を舐めるなぁぁぁぁぁぁぁああああああああ‼」

周辺一帯に響き渡るような大音声と共に、吾輩は残ったすべての神威を使い、グングニールに力を籠める。

吾輩がやろうとしたこと……それは、グングニールの破壊である。いくら絶対必中と呼ばれているジジイの槍でも、それは槍としての体を成しているからこそだ。

つまりは、槍として使い物にならなくなれば攻撃を阻止できると考えた吾輩は、残ったすべての力を総動員してグングニールの破壊を試みた。

「うおぉぉぉぉぉおおおおおおおお」

先ほどよりも一段と大きな叫びを伴い、グングニールに力を籠める。その溢れ出す神気によってヴァルハラの空間が不安定となった。

このままでは、神域全体が維持できなくなり、最悪の場合他の世界にまでその影響が及んでしまうかもしれない。

だが、そう、だがそれでも神として一人の男として負けるわけにはいかなかった。男には絶対に引くことのできない戦いがあるのだ。

「ヴァルハラが」

「これはまずいぞ！」

「いったんここを避難しましょ――」

いよいよ他の神々にも危険が及ぼうとしたそのとき、ヴァルハラの領域が安定したことに気づいた。

そして、そこで神々が目にしたもの、それは吾輩の拳がジジイの顔面を捉え、吹き飛ばす光景であった。

キャラクター紹介

ローランド

マルベルト男爵家の長男として生まれたが、前世の記憶を取り戻したことで、旅に出ることを決意する。

ローレン

マルベルト領に隣接するバイレウス領からやってきたバイレウス辺境伯家の長女。

アイリーン
ローランドが旅の途中で出会った
A ランク冒険者。一見すると、普
通の冒険者だが……。

プロト

ローランドが初めて作ったストーン
ゴーレム。愛くるしい見た目をして
おり、本作のマスコット的存在。

ナガルティーニャ

オラルガンドのダンジョンで
出会った謎の少女。
見た目は十代後半の美少女に
見えるが、その正体は……？

ローラ

マルベルト男爵家の長女。兄であるローランドに恋心を抱いており、将来は兄の妻となることを画策している。

ララミール

王都の冒険者ギルドのギルドマスター。種族はダークエルフで、双子の妹がいる。奔放で色っぽい性格の持ち主。

リリエール

王都の商業ギルドのギルドマスター。ララミールの双子の妹エルフ。姉とは違い清廉潔白で、真面目が服を着て歩いているような性格をしている。

あとがき

お疲れーっす。こばやん2号でございます。

さてさて、今回で四回目の電子書籍ということなのですが、まさかの四巻目というのが正直な感想です。

最初は手探りの状態だったのですが、四巻目ともなれば大体の流れがわかっているので、初めての時よりも苦労はあまりなかったですね。

ああ、そうそう。あとがきを読んでいる方はもしかしたら勘違いなされているかもしれないので、ここではっきりと宣言しておきます。

私こばやん2号……担当編集さんとは、仲違いしておりません！

あとがきでいろいろと担当編集とバトルを繰り広げている私ですが、実際のところ大したトラブルもなく平穏にやらせていただいております。

こばやん2号「ですよね？」

担当編集「……」

こばやん2号「あ、あれ？」

そこで黙るのはちょっと勘弁していただきたいところではあるのですが、まあそれはそれとして今回の振り返りを行っていきたいと思います。

今回のストーリーはあまり大きく動く出来事はなく、どちらかというと日常パートがメインの内容となっております。

大まかな内容は、グレッグ商会で販売する新たな商品としてぬいぐるみと木工人形（木製フィギュア）の開発、そして王都への進出&国王との謁見に加え、実家から助けを求められたあと、最後に国王から依頼を出されるといった流れでしょうか。

あまり危機的な状況にはないものの、それなりに面倒事が舞い込んでいるのは相変わらずといったところです。

今回の見どころとして挙げたいのは、新キャラのララミールとリリエールの双子のエルフです。王都ということもあって、冒険者ギルドと商業ギルドのギルドマスターがエルフという特殊な状況になっているのですが、双子なのに性格がまったく異なっているということも注目ポイントです。

今回戦闘シーンもあまりなく、どちらかといえば裏方の作業に徹している部分が大きいので、必然的に特筆すべき点が新キャラとの絡みになってきてしまうのは仕方のない点かもしれません。

一応、終盤でオクトパスとの戦闘があるにはあるのですが、主人公が命を懸けた本気の戦いをしているというよりも、まるでコントを見ているかのような描写になってしまっているのが、今思うとあまり印象的ではなかったかなと思います。

まあそんなわけで、今回の四巻の内容としては激しい戦いのあとの日常パートという扱いにならざるを得ませんが、嵐の前の静けさという言葉もあるので、このあとの五巻に期待といったところでしょうか。

ガシッ（肩を掴まれる）
こばやん2号「な、なにか？」
担当編集「前回言いましたよね？　次巻についての言及は避けるようにと」
こばやん2号「でも内容的には続編があるのは当たり前——ぐはっ」
担当編集「そういう問題ではないのですよ」

今回もこういうオチなのか……。

さて、そんなわけで四巻も無事に出すことができたので、私としては万々歳でございます。
欲を言えば、もうそろそろコミカライズのお話が来てもおかしくはないのですが……。

チラッ（担当編集に視線を向ける）
フルフル（頭の上でバッテンを作って首を横に振る仕草を取る担当編集）

（なるほど、未だにそんな話は来ていないと……）

これも前回やったものですが、十巻くらい出せばそういったお話が来るのでしょうか？
まあ、それに期待をしつつ日々精進していく所存ですので、これからも応援のほどをよろしくお願いします！

では、サラダバー！！

二〇二四年十月　こばやん2号

著者紹介

こばやん2号

三十歳を機に、何か新しいことを始めようと当時嵌っていたライトノベルに感化され、Web小説を投稿し始める。好きなことをただただ思い向くまま書き殴っていると、何の前触れもなく商業化の話をもらい、気付けば作家デビューしていた四十歳一歩手前の男である。趣味は、漫画・アニメ・ゲームというオタク系で、今はマインクラフトの最高難易度であるハードコアで、ダイヤモンド製の道具一式を最高レベルのエンチャント付き揃えては新しいワールドを生成するということを繰り返している。ちなみに、ハードコアでエンダードラゴンを討伐したことはない模様……。

イラストレーター紹介

なぎのにちこ

愛知在住のフリーイラストレーター。夏と青色が好き。丸みのあるイラストで〝可愛い〟を届けたいです。X：@harapekori24

◎本書スタッフ
デザイン：中川 綾香
編集協力：深水 央
ディレクター：栗原 翔

●著者、イラストレーターへのメッセージについて

こばやん２号先生、なぎのにちこ先生への応援メッセージは、「いずみノベルズ」Webサイトの各作品ページよりお送りください。URLはhttps://izuminovels.jp/です。ファンレターは、株式会社インプレス・NextPublishing推進室「いずみノベルズ」係宛にお送りください。

●底本について

本書籍は、『小説家になろう』に掲載したものを底本とし、加筆修正等を行ったものです。『小説家になろう』は、株式会社ヒナプロジェクトの登録商標です。

●本書の内容についてのお問い合わせ先

株式会社インプレス
インプレス NextPublishing　メール窓口
np-info@impress.co.jp

お問い合わせの際は、書名、ISBN、お名前、お電話番号、メールアドレス に加えて、「該当するページ」と「具体的なご質問内容」「お使いの動作環境」を必ずご明記ください。なお、本書の範囲を超えるご質問にはお答えできないのでご了承ください。

電話やFAXでのご質問には対応しておりません。また、封書でのお問い合わせは回答までに日数をいただく場合があります。あらかじめご了承ください。

●落丁・乱丁本はお手数ですが、インプレスカスタマーセンターまでお送りください。送料弊社負担に てお取り替えさせていただきます。但し、古書店で購入されたものについてはお取り替えできません。
■読者の窓口
インプレスカスタマーセンター
〒 101-0051
東京都千代田区神田神保町一丁目 105番地
info@impress.co.jp

いずみノベルズ

最強少年はチートな（元）貴族だった④

転生冒険者の異世界スローライフ

2024年10月25日　初版発行Ver.1.0（PDF版）

著　者　こばやん2号
編集人　山城 敬
企画・編集　合同会社技術の泉出版
発行人　高橋 隆志
発　行　インプレス NextPublishing
〒101-0051
東京都千代田区神田神保町一丁目105番地
https://nextpublishing.jp/
販　売　株式会社インプレス
〒101-0051　東京都千代田区神田神保町一丁目105番地

印刷・製本　京葉流通倉庫株式会社
Printed in Japan

ISBN978-4-295-60325-2